帝王決

三

傳國玉璽

水鵬程◎著

目錄 CONTENTS

· 第一章 ·

寶刀出爐

夜色中，周雙凝視炎炎爐火，當刃體燒到所需熱度時，
他迅速抽出刃體，除去刃上敷土，投入水中振動數次，
經此淬火後，刃體硬化完成。
周雙將打造成的寶刀放在涼水中冷卻，
合在刀鞘裏，一併捧著，呈到唐一明的面前。

冉魏永興三年（西元三五二年），農曆六月初一。

擁兵並州的後趙舊將張平，在燕國大將軍慕容恪的大軍攻勢下顯得無計可施。

燕軍所到之地，並州軍望風而降，幾日之內，並州上百座堡壘都歸順燕國，張平的征西將軍諸葛驤甚至率領所屬的一百三十八個堡壘不戰即投降燕軍。慕容恪對於降將降卒一律採取撫恤的態度，並保留將領們原先的官職，以獲取並州一帶的民心。

如此一來，據守在並州的張平失去了抵抗的決心，在率領部眾三千餘人退守平陽不久，終於向慕容恪請降，燕國沒受多大的損失便得到了並州。

慕容恪趁機帶著勝利之師加入了包圍冉魏國都鄴城的戰鬥中，由於鄴城城牆堅固，燕軍又不善於攻城，以至於燕軍久攻不下，成為對峙階段。

與此同時，佔據青州的段龕因兵力受損嚴重，遵循手下大將烏蒙的意見，封鎖了泰山通往濟南的道路，打算就此困死泰山上的唐一明。

燕軍還沒有完成黃河以北的戰事，段龕又不來攻打，給了唐一明在泰山上一個發展的大契機。

泰山上的軍民在唐一明的帶領下，萬眾一心，齊心協力，經過十天的努力，終於建成了第一座煉鋼爐。

煉鋼爐建成後，唐一明讓人從礦區運來所需的鐵礦和煤礦，準備開始進行冶煉。

這一天，烈陽高照，泰山上所有的事務都暫停了下來。王猛在煉鋼爐周圍擺上祀台祭祀鬼神，不少大人小孩都來看熱鬧。

唐一明對祭祀一點兒興趣都沒有，他在檢查各個關節，看還有疏漏沒有。

這煉鋼爐是他親自設計的，下面是一個偌大的房間，裏面堆滿了易燃的木材和乾草，同時還鋪墊上一層煤炭。在房間的上面是一個長長的煙囪，整體有三層樓那麼高。

在煉鋼爐周邊還有四個鼓風箱，黃大、黃二、李老四等人都守在風箱周圍，只等著點燃煉鋼爐了。

煉鋼爐經過長時間低溫烘烤，現在就等點火了，旁邊上料口處站著許多拿著鐵鍬的士兵，隨時準備將煤、鐵等原料放進去。

當祭祀完成時，王猛走到唐一明身邊，恭敬地說道：「主公，萬事俱備，就等點火了。」

唐一明點點頭，對身邊的士兵喊道：「拿火把來！」

一旁的士兵將早已準備好的火把遞給唐一明，唐一明親自點燃火把，並且走到煉鋼爐的進料口那裏，將點著的火把給扔了進去。

煉鋼爐內都是易燃之物，一碰到火星，便立刻燃起來。火勢漸漸地開始蔓延，將煉鋼爐內所有的易燃物吞噬。

不一會兒，熊熊的火焰便燃燒了起來，也將裏面的煤給燒著了。隨著爐子裏面的爐火越來越旺，慢慢地，爐頂上開始冒出一陣陣濃厚的黑煙。

當黑煙越來越多，唐一明立即指揮喊道：「大黃、小黃，拉風箱。」

「好咧！」黃大和黃二等人同時叫道。

黃大、黃二、李老四等人同時拉開了鼓風箱，催動著煉鋼爐內的煤火越來越旺，不一會兒，黑色的煤開始變得通紅。

此時，煉鋼爐的煙囪冒出來的煙越來越大，很快，通紅的火光從裏面冒了出來，帶出來的還有漫天飛舞的灰燼。

隨著風箱越拉越快，爐頂的火焰也越來越高，唐一明估計應該燒得差不多了，便對站在上料處的胡燕等人下令道：「可以了，上料！」

胡燕答應了一聲，便帶著人開始朝煉鋼爐內添置煤炭。

加完煤炭，接著開始添加堆放在旁邊的鐵礦和石灰。鐵礦和石灰都被砸成核桃大小的小塊，連續裝了有十二石（三百千克）礦石和若干石灰石以後，這才停了下來。

如此反覆的上料作業連續進行了好幾小時，人累了就換人，輪番上陣。

唐一明看到士兵如此勞累，覺得這確實是個體力活，不禁想道：「看來得想個辦法才行，光靠人力來完成這些作業實在太累了，我得製造一些傳送帶，這樣只需要幾個人的操作，就可以管理好一個煉鋼爐了。」

「主公，照這樣的燒法，得燒到什麼時候？」站在唐一明身邊的王猛問道。

唐一明道：「煉鋼需要的就是時間，可能需要很久，何況咱們這是第一次煉鋼呢。這樣吧，你讓人都回去休息吧，我留下二百個士兵駐守在這裏，明天一早你們來看成果就可以了。」

王猛自告奮勇道：「主公，這些天你一直忙著建造煉鋼爐，好多天沒有好好地休息了，不如由屬下在這裏看著，你就回去休息吧。」

「不，這些東西你們都不懂，我得親自看著，萬一出差錯，那我這十幾天的時間都白費了。」唐一明婉謝說。

「可是主公，你是萬民之主，身上肩負著重大的責任，萬一……」王猛勸道。

「哈哈哈，軍師，你放心，沒有什麼萬一的，我知道休息。這些天你和黃大他們訓練士兵，也很辛苦，還有那幾個局長都沒有閒著，你們是泰山上的大功臣，負責各個機要，應該多休息才是。」唐一明體恤地道。

王猛只好說：「主公，那到後半夜，屬下來換你。」

「不用，軍師好好休息，你已經夠累的了，這就回去吧。」唐一明堅持道。

王猛無可奈何，便道：「好吧，那屬下告退，主公多多保重。」

唐一明擺擺手，說：「去吧，去吧。」

王猛轉身走了，並且遣散圍觀的百姓，原本熱鬧非凡的後山立刻變得冷清起來。

煉鋼爐一直燃燒了整整近二十個小時，到了第二天一早，王猛帶著人又來了，唐一明讓人把攪煉爐給生起來，看攪煉爐的溫度已經升到差不多的時候，把堵在出鐵口的擋口石挪走，用長長的鐵棍把封堵出鐵口的黏土搗開，一股橘紅色的鐵水順著地上開的溝槽通過預熱室，進入到攪煉爐內。

周圍響起一片歡呼聲，連續十幾天的艱苦勞作終於得到了回報，豈能不激動呢?!

唐一明沒有時間歡呼，眼看差不多了，趕緊又用石頭和黏土把出鐵口給堵住。攪煉爐內一次容納不了那麼多生鐵水，生鐵水進入攪煉爐後，唐一明打開攪煉爐的爐門，由於高高的煙囪抽風的作用，火焰往外只噴了一下就又縮了回去，從燃燒室捲過來的高溫空氣經過爐頂的反射，直接打到位於爐床上生鐵水的表面上，泛起點點光亮。

「周雙，一會兒我叫你時，你就把鐵塊夾出來，放在已經準備好的鍛臺上敲打，發揮你的鐵匠技能！」唐一明對周雙喊道。

周雙重重地點了點頭，答道：「主公，你放心吧！」

唐一明拿起長長的攪煉棍從攪煉爐爐口伸了進去，攪動著裏面的生鐵水。生鐵水受到攪動，和高溫的新鮮空氣接觸，裏面的碳和空氣中的氧氣迅速反應，放出巨大的熱量，冒出氣泡。

鐵水變得沸騰起來，到處滾動著，和豆腐渣一樣的鐵渣從鐵水中分離出來，堆積到一旁。

由於鐵的純度逐漸變高，熔點也隨之升高，慢慢地，鐵水滾動著形成一塊塊的半固體膠狀物，而後凝結成團，並在上面形成熟鐵斑點。

唐一明用攪煉棒把那些鐵團鉤到爐口，大聲喊道：「周雙！是時候了！」

周雙聽到唐一明的叫喊，連忙用鐵鉗把鐵團夾出來，放到正在轟轟作響的大型鍛錘上。

隨著鍛錘的高速錘擊，鐵團火花四冒，裏面的渣滓很快被擠壓出來，變成火星飛走，體積逐漸縮小，顏色也由橘紅逐漸變暗，形成一個鐵棒。

周雙把鐵棒放到一旁的鍛爐上加熱，準備再次鍛打，並從攪煉爐內再次夾出一個鐵塊反覆操作。

黃大在旁邊看著，見唐一明累得不行，趕緊上去接過唐一明手中的攪煉棒，說道：「主公！你太累了，去休息一會兒吧，這裏讓我來！」

「你要和周雙多多配合！」唐一明喊道，將手中的攪煉棒交給黃大。

唐一明便坐在一旁，看黃大在那裏照葫蘆畫瓢地操作，他便不停地加以指點。不一會兒，黃大也累了，就由黃二接過黃大手中的活，大家輪流。

劉三帶著幾個人根據時間逐次地向高爐裏加著木炭鐵礦和石灰，並在唐一明的吆喝下，定時出渣，不一會兒，地上已經堆滿了熟鐵打製的鐵條，足有半噸多。

「真快啊！」黃大一邊擦汗，一邊興奮地說道。

唐一明看到逐漸減少的原料，眉頭一皺，叫道：「陶豹，過來。」

「主公，喚我何事？」陶豹聽到唐一明的叫喚，趕忙跑了過來。

「你馬上下山，去鐵礦廠和煤礦廠，告訴王簡和王凱，這裏的原料快用完了，讓他們暫時停下開採，將原料全部運到這裏來。」唐一明交代。

唐一明又大聲喊道：「周雙！」

周雙此時在一旁休息，聽到唐一明的呼叫，當即跑過來，問道：「主公，你叫我？」

「你是鐵匠，他們也都學會了製造熟鐵，你能不能用熟鐵鍛造兵器？」唐一明問道。

周雙道：「主公，你想要什麼兵器？」

唐一明想了想，道：「我想要把刀，你能打造出來嗎？」

「主公，刀有鐵刀、鋼刀、純鋼刀、柔鋼刀、青鋼刀、寶刀六等；鐵久煉成鋼，鋼久煉柔純，再煉成青，更煉成寶，一般人只會打造鐵刀與鋼刀。至於純鋼刀，打造十把要壞九把；柔鋼刀，打造百把要壞九十九把；至於青鋼刀就算世間稀有的珍寶了，不知道主公想要什麼樣的刀？」周雙問道。

唐一明聽到周雙對刀如此有研究，便好奇問道：「我自然是希望要一把斬金斷玉的寶刀了，只是不知道你能打造出什麼樣的刀？」

「主公，我家世代為鐵匠，鍛刀的技藝也是一代一代地傳了下去。傳到我這一代，雖然沒有成為冶煉名家，可我也希望為主公打造一把寶刀，只是這中間花費的時間可能會久一點，還要有懂得冶煉技藝的人來幫助我才行。」周雙答道。

唐一明哈哈大笑道：「好，這個不難，這泰山上的百姓有二十多萬，他們中間也一定有鐵匠。我幫你找來幾個幫手，你就幫我鍛造一把寶刀吧，反正咱們不缺資源。」

「嗯，好。主公，那你是要短柄的還是長柄的？」周雙問。

唐一明心中想道：「長柄的估計就是像關羽那樣的大刀了，那種大刀我玩過，我施展不開，倒不如要把短柄的，只要用著趁手就行。」

「我要短柄的，像劍那麼長就可以了。」唐一明說。

周雙道：「那我現在就去準備。」

「好。對了，你需要幾個助手？」

「其實三個就夠了，不過，因為是鍛造寶刀，所以時間要長一些，就多要幾個人吧。」周雙想了想道。

唐一明點點頭：「那你今天晚上好好休息，養精蓄銳，等明天就給我鍛造寶刀。」

「是，屬下遵命！」周雙敬禮退道。

唐一明便連夜讓王猛在百姓中尋找鐵匠，結果得到一百多個做過鐵匠的人。唐一明索性將這一百多人全部招募進來，腦子機靈一轉，乾脆開一間兵工廠，由周雙出任廠長。

第二天，唐一明將所有鐵匠全部帶到周雙面前，周雙只要了十個人跟他一起打造寶刀，其他人則在周雙的指揮下架設鍛台，打造兵器。

唐一明便一邊巡視新兵訓練，一邊關心兵工廠的情況。

三天後，第一批純鋼的長戟被鍛造出來，共有三百支。這三百支純鋼的長戟比原來的兵器鋒利和堅硬，由於全身都是鋼打造，拿在手裏頗為沉重，每根長戟差不多有二十斤重。

唐一明看到這三百根長戟，不禁感到無比歡喜。因為乞活軍裏所用的長戟，除了戟頭是生鐵做的以外，柄端都是用圓木連接上去的，很容易折斷。這些鋼戟被鍛煉出來後，黃大他們再拿到這些兵器上陣殺敵的時候，就不用擔心會折斷了。

「周雙，寶刀煉得如何？」唐一明巡視完三百根長戟後，問周雙道。

「啟稟主公，因為有煉鋼爐中的火，冶煉兵器就容易多了，估計今晚可成。」周雙答道。

唐一明高興地說：「辛苦你們了，那我晚上再來。」

晚上，唐一明真的來了。此時，周雙和兩個鐵匠分工進行，一個掄大錘，一個用小錘，另外一個則用鐵鉗夾住已經成形的刀。

夜色中，周雙凝視炎炎爐火，當刃體燒到所需熱度時，他迅速抽出刃體，除去刃上敷土，投入水中振動數次，經此淬火後，刃體硬化完成。

淬火鹵水溫是很有講究的，淬火後還要回火，即將刀在火上燒至水滴上去如圓珠轉動的程度，再慢慢冷卻。這樣可提高韌性，磨礪刀劍淬火後，由鍛冶工用礪石開出鋒刃。鋒刃開出後，由專門的研磨師研磨，再將刀裝上試驗柄進行試刀，然後配上已經準備好的刀鞘，寶刀這才算打造完成。

周雙將打造成的寶刀放在涼水中冷卻，過了好久才拿出來，將刀合在刀鞘裏，一併捧著，呈到唐一明的面前。

「主公，請試寶刀！」周雙朗聲道。

唐一明當即接過寶刀，刀一入手，便覺得刀身還有殘存著溫度，唐一明抽出寶刀，寒光在夜間閃過，帶起一絲光芒。

「主公，請試刀！」

周雙隨手取來一把鋼戟，橫在唐一明的面前。

唐一明舉起手中寶刀，朝那根鋼戟揮了下去。手起刀落，只聽一聲清脆響聲，那根鋼戟便斷成了兩截。

「哈哈哈！果然是把寶刀！」唐一明看了一下手中寶刀，刀刃毫髮無損，欣喜地叫道。

「恭喜主公，賀喜主公！」周雙和周圍的人都恭賀不已。

唐一明得了把寶刀，高興之餘，順便給寶刀取了一個名字，名曰「破軍」。

「破軍莫惆悵，看取寶刀雄。」這首詩乃唐代的一位詩人所作，具體是誰唐一明記不清楚了，「破軍」便是取自於此。

唐一明將破軍入鞘，對周雙等一百多位鐵匠說道：「這些天你們辛苦了，從今以後，你們還幹自己的老本行，為咱們的士兵打造出更多的好兵器來。」

眾人當即朗聲道：「謹遵主公吩咐。」

唐一明手握破軍，走到周雙面前說道：「周雙，往後就由你擔任兵工廠廠長，你帶領著這些人打造兵器和戰甲吧，我再從百姓當中招募五百人，你和工匠們可以在閒餘之餘教授他們鍛造的技術。」

周雙神情激動道：「多謝主公如此看得起我，我一定竭盡全力為主公效命。」

「呵呵，好了，你們也夠累的了，好好休息吧。」

從後山回到將軍府，唐一明感到渾身筋疲力盡。

「老公！你終於回來了，兵器都鍛造出來了嗎？」李蕊見唐一明回來，忙迎了上去。

「嗯，老婆，你看！」唐一明將手中的破軍舉起來，在李蕊面前晃了晃。

「這是……剛剛打造出來的？」李蕊問道。

唐一明點點頭，隨即將破軍抽出刀鞘。閃光在李蕊的眼前閃過，破軍立時展現在李蕊面前。

「老公，這刀看著就很鋒利，應該是把不錯的刀吧。」李蕊盯著破軍，問道。

唐一明笑道：「不是好刀，我要它做什麼？這是把寶刀，我已經取好名字了，叫破軍。來，你拿著這把刀，感受一下！」

唐一明將手中的破軍交給李蕊。李蕊接過刀，剛一入手，便覺得破軍沉甸甸的。她力氣小，拎著破軍感到太過沉重，無力承受，便道：「老公，這刀好重啊。」

「重？嗯，那倒是，它全身都是純精鋼打造，會不重嗎。老婆，等明天我讓周雙專門給你打造一把輕盈的長劍，好不好？」唐一明道。

李蕊聽了，歡喜地道：「好啊，我還沒有握過真正的劍呢。」

唐一明笑道：「老婆，你的劍法學得怎麼樣了？」

李蕊將破軍還給唐一明，歡快地說道：「金勇的劍法我已經學完，差不多能上陣了。」

唐一明將破軍插入刀鞘，映著火光，看到李蕊原本白皙的臉略微變得有點黑，不禁伸出手，輕輕地撫摸了一下李蕊的臉龐，憐惜地說：「老婆，你曬黑了。」

李蕊一把摟住唐一明，將臉貼在唐一明的胸膛上，嬌聲道：「老公，我不怕。曬黑就曬黑吧，只要能陪在老公身邊，讓我做什麼我都願意。」

唐一明當即一把將李蕊抱了起來，放到床上，壞笑道：「老婆，這幾天我一直忙著煉鋼爐和兵器的事，沒有時間好好對你，你這幾天想我了沒有？」

李蕊羞澀地點點頭，抱住唐一明，兩個人立時纏綿在一起。

第二天，唐一明給周雙招募了五百人，並且讓張幹、郎肅帶著人興建兵工廠。

忙完這些，唐一明來到校場，將所有女兵召集在校場中，準備視察她們這大半個月裏的訓練成果。

校場上熱鬧非凡，那些女兵結成九個方陣，站好各自的位置，準備迎接唐一明的檢閱。

檢閱完這些女兵後，唐一明滿意地點了點頭，心中想道：「看來這大半個月她們沒有偷懶，也都學有所成，不僅每個人都學到了一技之長，還學會了如何佈陣和打仗。等到周雙的兵器鍛煉出來，就可以發給她們武器了，然後加強訓練，訓練出一支勁旅來。」

「主公，所有的女兵都已經演示完畢，請主公發話吧。」王猛輕聲說道。

唐一明向前跨了兩步，站在點將臺上，對校場中的兩萬女兵說道：「今天是個值得慶祝的一天，因為我們泰山上又多了一支勁旅。你們剛才的表現非常好，我準備從此正式成立軍團，稱你們為娘子軍。我希望你們在以後的日子裏，嚴格地要求自己，把自己當成一個軍人！」

「主公萬歲！主公萬歲！」成千上萬的女兵喊了起來。

唐一明十分滿意，下定決心對王猛說道：「軍師，你前陣子說讓我樹立大旗，今天我決定了，正式打出一個旗號，你說我該打什麼旗號好呢？」

王猛思索了一下，說道：「主公，不如我們就以漢為旗號，廣收天下豪傑志士，一起抵抗胡人好了。」

「好，就以漢為旗號。繼冉魏，興中華。」唐一明朗朗說道。

兩天後，唐一明為了使煉鋼爐使用得更加省力，便指揮部下安裝了一個水力鼓風箱，靠著後山連綿不斷的湖水，來帶動人力拉動鼓風箱。

另外，他還組裝了一個簡易的傳送帶，只需要一兩個人站在上料那裏，一個人搖動著傳送帶，便可以將煤礦和鐵礦分別傳送到煉鋼爐裏。

這兩天裏也發生了很多事。周雙的兵工廠，靠著一個煉鋼爐，打造了五百四十副戰甲，這種戰甲穿在身上雖然沉重，防禦力卻比一般的鐵甲要高許多。娘子軍的訓練，開始了新一輪的集訓，由王猛統一訓練。

唐一明按照關二牛傳回的資訊，準備著一項新的計畫。

第二章

一大福星

唐一明聽完報告，不禁對王猛這人大感佩服：
「不戰而屈人之兵，此乃兵法之上乘啊，
看來王猛不僅是個良相，還是個良將！
唉，我真的是不如他，我只知道怎麼打，
卻沒有想到怎麼去減少傷亡，王猛真是我的一大福星啊！」

六月十七日。

這天，唐一明在將軍府裏召集了眾位官員。

「這大半個月以來，我們在沒有胡人的騷擾下穩步發展，最為辛苦的就是你們了。我謹代表全山上的百姓，對你們表示最熱情的感謝！」唐一明深深地鞠了一躬，朗聲說道。

「為主公出力，是我等應盡的任務。」眾人齊聲答道。

唐一明朝眾人招了招手，當即喊道：「關二牛，將你這些天得到的消息跟大家說說。」

關二牛向大家敬了一個軍禮，朗聲說道：「這大半個月來，我一直帶人遊走在泰山南部的一些郡縣中。在這些郡縣中，有不少各自為戰的塢堡，這些塢堡和塢堡之間互相攻伐，搶掠人口、糧食和財物，實在比胡人更加糟糕。其中有一個陳氏大族，在首領陳沛的帶領下，已經佔據了魯郡，成為這些首領中最大的一支。陳沛殘暴不仁，奴役外姓的百姓，手下的人所到之處更是片甲不留，全部搶光、殺光、燒光……」

「奶奶個熊！這人比胡人還可恨！老子要是見到他，非砍了他的腦袋不可！」李老四沒等關二牛說完，便叫了出來。

「李老四，聽二牛把話說完！」唐一明厲聲說道。

關二牛接著說道：「陳沛危害周圍一帶郡縣，實在是個禍首。我已經瞭解過了，他在魯郡擁有民眾七萬，手下的幾千兵勇都是訓練有素的正規軍。」

「主公，你是想去剿滅陳沛？」王猛問道。

唐一明點點頭，道：「二牛已經將陳沛的魯郡打探清楚了，城中有大批屯糧。現在，咱們最缺的就是糧食，前次從胡人手裏奪來的糧食已經快吃完了，估計剩餘的糧食只夠維持半個月的。所以我打算去攻打陳沛，奪回糧食，同時解救那些被奴役的人，把咱們漢軍的威名遠播出去，這樣一來，就會有更多漢人知道我們，也會來投靠我們。」

「主公，據我所知，魯郡三面環泗水，加上城牆又高，易守難攻，恐怕取之不易啊。」王簡擔憂地說。

唐一明呵呵笑道：「這個我自然知道，不過，我們不是去攻城，而是把他們給引誘出來，在野外交戰。我相信以我們現在的實力，足夠擊敗陳沛的軍隊。」

「主公，此去魯郡沿途要經過泰山郡，中間可能會有不少塢堡，這些塢堡根本不知道泰山上有軍隊，也不知道主公是敵是友，只怕半道會襲擊主公。」關二牛聽了說道。

唐一明略微沉思了一下，見王猛臉上十分鎮定，便道：「軍師，以你的意思，我該怎麼辦？」

王猛回道：「主公，照關二牛的話，這陳沛是一定要殺的，殺了他能夠解救更多的人，還能獲得大批糧食，我贊同主公派兵出擊。至於塢堡方面嘛，這就更好辦了，主公只需派遣使者先去通報一下，這些塢堡得知我軍是去攻打陳沛，定然不會阻攔。」

「好，軍師的想法和我想的差不多。那就這樣定了，明日整裝待發，出擊魯郡。」唐一明宣布道。

王猛聽到，連忙阻止：「不可！此次出擊魯郡，主公不可離開泰山。」

「為什麼？」唐一明不解地問。

「段龕雖然新敗，卻派兵將泰山通往濟南的要道封鎖住了，如今半個多月已經過去，段龕隨時都會發動新一輪的進攻，所以主公必須留守泰山為佳。」王猛建議道。

唐一明問：「軍師，我要是不帶兵出擊，那誰來攻打陳沛？」

王猛連忙抱拳說道：「主公，屬下願意代替主公，擔此重任，攻打陳沛！」

「軍師，你去？」唐一明狐疑道。

王猛點點頭，緩緩說道：「主公，屬下在山上也待得很久了，正想下山走一遭，此次攻打陳沛，屬下有自信能拿下魯郡，以壯主公聲威！」

「王猛不僅在內政上是個大才，在軍事上也是個大才，不如這次就由他統領兵馬，攻打魯郡，一來可以讓他獲得功勞，二來山上煉鋼爐、兵工廠新建，還不是很穩定，還需要我來進行監督改良，嗯，就這樣辦吧。」唐一明心道。

唐一明當即宣布：「好吧，此次攻打魯郡，就由軍師帶兵出征。軍師，這次是攻城，你可要多帶點兵馬，新訓練的步兵這會兒正好能派上用場。」

王猛聽了，擺手道：「主公，我只需帶領我訓練的那四千女兵即可。」

「不行，這些女兵初次上戰場，那些上陣殺伐的場面不是一般女人所能承受的，何況她們都是新兵，沒有上過戰場，一點戰鬥經驗都沒有。」唐一明反對道：「這樣吧，我讓猛虎團的一營和你一起去，他們都是作戰勇猛的鬥士，打仗很在行，萬一遇到什麼危險，也可以負責軍師的安全。」

王猛見唐一明如此擔心他，便沒有反駁，點點頭，答應了下來。

「好，那就這樣決定了。黃大，命你帶著一營的兄弟跟隨軍師，一切要聽從軍師調遣。軍師的話就是我的命令，不得有人不從，敢有不聽軍令者，一律斬首示眾！」唐一明令道。

黃大、黃二等一營軍官齊聲道：「屬下遵命！」

唐一明問：「軍師，何時出征？」

「擇日不如撞日，今天便可出征！」王猛爽快地答道。

「何時歸來呢？」

「多則十日，少則七日，主公可命人在泰山南麓山道口等候，這幾天會不斷有人前來投效，到時候主公只管迎接便是。」王猛自信滿滿地答道。

「還沒有出征便已經凱旋了，看來軍師是胸有成竹，早已經謀劃好了。」唐一明心想。

「好，那我就派人在泰山南麓山道口專門等候軍師凱旋的好消息。」唐一明高興地道。

王猛向唐一明抱了一下拳，深深地鞠了一躬，然後說道：「主公，屬下告退！」

唐一明道：「軍師，我去送送你。」

將軍府中的人陸續走了出去，一面集結軍隊，一面搬運物資。

泰山腳下，四千女兵猶如一道靚麗的風景線，個個穿著漂亮，顯得身段婀娜多姿。

黃大的一營戰士，貼身穿著一件老式的薄甲，外面罩著剛剛打造而成的鋼甲，手中持著鋼戟，頭上戴著統一的頭盔，將男子氣概完全展現出來，與四千女兵形成強烈的反差。

王猛要了五百輛空空如也的糧車，用戰馬拉著，每八個女兵坐在一輛糧車上，由黃大等人駕駛，剩餘的人則騎著戰馬，一個男女混合的兵團便呈現在唐一明的面前。

臨行前，唐一明不免還有點擔心，走到王猛身邊道：「軍師，你只讓士兵各自攜帶三天乾糧，這一來一回少說也要十天半個月的，不如多帶點糧食，以備不時之需。」

王猛呵呵笑道：「主公不必擔憂，一切都在我的計畫中，三天的乾糧足矣。主公放心，四千五百人，屬下回來的時候，定當一個人都不會少！」

唐一明一怔，不禁說道：「只要打仗，就會有傷亡，軍師居然說一個人都不會戰死，難道那些人都是白癡，任人宰殺的嗎？軍師，你是在跟我開玩笑吧？」

王猛正色道：「軍中無戲言，屬下又豈敢跟主公開玩笑？此次出征，若損失一人，主公可以取下我的項上人頭。」

唐一明見王猛信誓旦旦，不由得不相信。只是十分好奇王猛究竟會用怎樣的策略。

「陶豹！」唐一明大喊一聲。

「俺在這裏！」站在唐一明後方的陶豹立刻答道。

唐一明交代：「你也和軍師一起去，軍師的安全就交給你了，要是軍師少了一根汗毛，你也不用回來了！」

陶豹立即答道：「主公放心，俺一定保護好軍師。」

王猛見唐一明派出一個身強體壯的大漢給他，是唐一明對他的重視，當即說道：「多謝主公，主公你且請回，屬下這就出發了！」

王猛轉身走向一匹戰馬，翻身上馬，高呼了一聲：「出發！」四千多人的軍隊在王猛的一聲令下，徐徐向南進發。

唐一明看著出征的軍隊，朝他們揮了揮手，心中暗暗地為這些士兵祈禱。當最後一輛馬車消失在一片樹林的拐角處時，唐一明這才將視線收回。

「主公，景略此去定然能夠凱旋，主公不必過多擔心。」王勇看唐一明眉頭緊皺，安慰道。

唐一明點頭道：「嗯，軍師胸有成竹，此次出征必定會凱旋而歸的。走，咱們上山，我還要去看看兵工廠的情況。」

「是，主公！」

到了後山，唐一明徑直來到兵工廠。

兵工廠裏，一百多個鐵匠正在忙活著，煉鋼爐不斷地冶煉著，經過幾天的鋪墊，煉鋼爐裏的產量也逐漸增加。負責操作煉鋼爐的工人已經掌握了技巧，在唐一明的指導下，直接煉出鋼來。

不過，這一切在唐一明看來，生產率還是很低下。一個現代化的煉鋼廠，一天煉出來的鋼要比他這個簡易的煉鋼爐十天煉的還要多。不僅如此，一百多個鐵匠就算一天二十四小時不斷地鍛造兵器，最多也只能鍛造五百把左右，可泰山上有幾萬人，新兵都在等著新式武器呢。

不過唐一明一點也沒有責怪周雙等人的意思，鍛造兵器不僅是個體力活，還是個技術活，這種技術只有鐵匠才會，所以唐一明也只能暫時依靠這樣低下的生產力了。

視察完兵工廠回來後，唐一明心中就在盤算著要怎麼加快兵工廠的生產力。他想了很久，終於想到一個一勞永逸的辦法，那就是利用器械和外部條件來實現軋鋼。

兵工廠附近有一個湖，因為地處上游，湖水的水流十分湍急，從高處一傾而下，猶如一個瀑布一般。唐一明仔細觀察了地形之後，決定利用水的沖擊力來轉換成力量。

大自然是神奇的，只要懂得如何利用，大自然的力量就能轉化成人類的力量。唐一明想到了水車，利用水車將水流的動力轉化成生產力。

想到這裏，唐一明便顯得很是興奮。說幹就幹，唐一明隨即召集人手，開始製造水車以及轉軸，利用水的動力取代人為的敲打，建成一個生產的流水線。一條借助水動力的打鐵工具就此產生，前後花費的時間還不到六小時。

如此一來，鐵匠就可以省去不必要的體力花費，只需掌握好火候，需要敲打機來敲打的時候，將敲打機給挪過來；不需要的時候，就可以挪到一邊去，既省時又省力。

唐一明忙完這些，便讓工匠按照模子製作。

到了傍晚，唐一明回到房裏。他打了盆水，想洗把臉，當他的臉伸到水盆裏時，水盆映出他的倒影，面色黝黑，下巴上更是有著無數鬍碴，整個人看起來十分邋遢。

「這是我嗎？」唐一明自言自語道。

洗過臉，唐一明摸了摸頭髮，又硬又粗，又摸了摸下巴上的鬍碴，有點刺人。「怪不得我每次想親老婆，老婆就東躲西藏的，原來是我的鬍鬚扎到她了。」

他抽出破軍，對著水盆中的倒影，將自己的鬍鬚給刮了個乾淨，順便將頭髮也給割斷了不少，一頭長髮頓時變成了短髮。再看自己時，感覺順眼多了。

他洗好澡，便待在房裏，手中捧起一本《孫子兵法》看了起來。

不知道過了多久，他正在看得津津有味時，聽到「啊」的一聲尖銳的叫聲。唐一明抬起頭，看到李蕊不知道何時走了進來，雙手握著拳，厲聲叫道：

「哪裡來的賊人，竟敢擅闖將軍府，識相的快點出去，不然等會兒來人，你就糟糕了！」

唐一明聽了，甚是迷茫，將手中的書放在一旁，摸了摸自己的頭髮和鬍子，這才知道李蕊為何會有這種反應了。

「哈哈，老婆，你連我都不認識了嗎？我是你老公啊！」唐一明急忙說道。

「老公？」李蕊狐疑道。

「對啊，我剛才自己剪了頭髮，又刮了鬍子，可我的聲音不會變，不是我還是誰？」唐一明緩緩走向李蕊，邊走邊說道。

李蕊聽到唐一明熟悉的聲音，這才放下手，用奇特的眼神打量著唐一明。

唐一明現在一頭短髮，臉上沒有一點鬍鬚，往那裏一站，活脫脫年輕了好幾歲，讓人乍一看還以為是換了個人。

「老公？你真的是老公！老公，你這是怎麼了？為什麼要剃髮？你這樣看起來像是個犯人。」李蕊不禁責備道：「身體髮膚受之父母，豈能說剃就剃？你這樣分明就是受了刑的人嘛！」

「受刑？什麼刑啊？」唐一明疑惑地道。

「髡刑啊。」李蕊說道。

唐一明聽了，這才想起髡刑是古代的一種刑罰。髡，指剃光犯人的頭髮和鬍鬚。這是以人格侮辱的方式對犯者所實施的懲罰，古人認為身體髮膚受之父母，不敢毀也，孝之始也！所以剃髮刮鬍是對人的一種羞辱。

魏晉南北朝時期，佛教流行；因為佛教徒是剃光頭的，而且又不結婚，是大不孝行為，所以當時的人蔑稱他們為「髡人」。曹操也有過割髮代首的故事，從這一點就可以看出來，頭髮和鬍子對古代人的重要性。

唐一明嘿嘿一笑，撫摸了一下李蕊的長髮，說道：「老婆，這沒有什麼，這些都是封建舊俗，不要也罷。」

李蕊輕輕地嘆了口氣，沒再說什麼。

第二天，果然不出李蕊所言，唐一明的新形象果然引來山上所有人的異樣眼光。但是唐一明一點也不在乎，他懶得去跟人們一個一個地解釋。

唐一明派趙全帶人守候在泰山南麓的山道入口，等候著王猛的消息。

「主公，趙營長派我來報，有五百多人前來投靠主公，現在已經到了泰山腳下！」一個士兵向唐一明敬了一個軍禮，朗聲說道。

「哦，他們是從哪裡來的？」唐一明急忙問道。

士兵道：「啟稟主公，聽他們說，好像是從泰山郡來的。」

到了山下，唐一明的新形象再次引來眾人的異樣目光。

「主公，你……你怎麼變成這個樣子？是誰那麼大的膽子，竟然敢給主公用刑？」趙全厲聲問道。

唐一明笑道：「沒有誰，是我自己剃的，這樣比較清爽。」

趙全聽罷，拱手說道：「主公，這些都是泰山郡的百姓，他們是來投靠主公的！」

唐一明看了眼趙全身後的五百多人，男女老少都有，都是攜家帶口的。

五百人中走出一個老者，老者見到唐一明便拜了拜，高聲道：

「我等得知這裏有將軍帶領的大軍在，立刻帶領著全族老小一起來投靠將軍，懇請將軍收留！」

唐一明忙扶起老者，道：「老大爺，你放心，這裏都是漢人的聚集地，到了這裏就等於到了自己的家。老大爺，你是怎麼知道這裏有軍隊的？」

老者答道：「昨日有大軍從郡城下過，打著漢旗，並告知我們在山上有軍隊駐守，我便帶領著全族來投靠將軍了。」

「呵呵，老大爺，你放心，到了這裏，有吃的有喝的，以後再也不會流浪了，我這就讓人給你們安排住房和食物。」唐一明熱情地招呼道。

「趙全，你讓人帶著人上山去，王簡現在在礦山，你讓張幹暫時代替他，好生安排這些人。」唐一明對趙全吩咐道。

趙全答道：「是，主公。」

唐一明把這些百姓送上山後，要來一匹快馬，然後直奔十里外的泰山南麓山道。

泰山南麓，趙六帶著人正守衛在碉堡裏，觀察著山道中的情況，見唐一明到來，立即帶著人從碉堡裏迎了出來。

唐一明翻身下馬，見趙六等人的眼中露出驚訝的眼神，當即自動招供說：「我這是自己剃的，你們不要好奇了。軍師可有消息傳來？」

趙六說道：「啟稟主公，軍師暫時還沒有消息傳來。」

唐一明交代道：「這幾天可能有你們忙的了，我會給你們增派人手，只要有百姓前來投效，就全部收留，讓人帶回泰山，知道了嗎？」

趙六答道：「知道了。」

之後的幾天裏，泰山上果然來了不少人，陸陸續續前來投效的多達上千人，少則幾十人，都是攜家帶口。這些百姓的到來，無疑給泰山上增加了許多活力，也增加了壓力。原有的民房已經容納不下那麼多人了，只能進行擴建。

王猛帶領的軍隊，沒有傳來任何消息。沒有消息，其實就是好消息，因為不斷有百姓陸續來投靠，這就說明王猛等人安然無恙。

唐一明從百姓的口中得知，王猛帶領軍隊一路南行，每遇到一個村莊就會進行搜索，如果發現有百姓，就會勸他們去泰山。

到了第四天。唐一明的心情開始變得沉重起來，因為王猛出征只帶了三天的乾糧，按照時間算下來，王猛已經斷糧了，那又要如何去打仗呢？

這日傍晚，彎曲的山道上，一隊人形闖了進來。

「主公！又來人了！」一個士兵高聲喊道。

唐一明急忙走進碉堡，從山坡上看見山道下面零零散散地走著許多人，排成了一個長龍。

「主公，他們手中都有武器，是不是敵人？」趙六看到，緊張地問。

唐一明看那些人手中都拿著武器，再朝後面看去，人形長龍中夾著許多百姓，領頭的那個騎士行走緩慢，目光呆滯，似乎不是前來進攻的。

「趙六，喊話問問！」唐一明下令道。

趙六答應一聲，當即走出碉堡，站在山坡上，大聲喊道：「來人止步！」

山道中那個騎士將手一抬，後面的人便都停了下來。

騎士抬頭看見了在山坡上的趙六，以及拉弓待射的士兵，急忙拱手道：「切莫動手，我等是來投靠唐將軍的！」

唐一明從碉堡裏走了出來，朗聲道：「我就是唐一明，你們是什麼人？」

那個騎士看到唐一明，先是吃了一驚，隨後拱手道：「在下張亮，乃徐州東莞郡人士，張家堡堡主，特來投靠唐將軍！」

唐一明急忙問道：「可是王猛叫你前來？」

張亮點點頭，道：「正是王將軍讓在下前來。」

為了以防萬一，唐一明道：「既然如此，那請張堡主手下士兵丟下手中兵器，等人全部過來了再派人去取。」

張亮爽快道：「應該的，應該的。」

張亮當即轉過身子，對身後喊道：「你們都聽到了，唐將軍吩咐，全部拋下手中兵器！」

一聲令下，張亮和身後士兵紛紛拋下手中的兵器。

唐一明見張亮如此有誠意，當即對趙六說道：「快下去迎接他們。」便和趙六帶著一百多人下了山，到山道上等候張亮等人。

張亮帶著人走到唐一明身前，跪倒在地，朗聲道：「在下參拜主公！」

唐一明連忙扶起張亮，呵呵笑道：「嗯，既然是軍師讓你來的，自然要收留了。對了，軍師現在何處？」

張亮回道：「王將軍讓我來投靠主公，然後就去解救別處塢堡去了。」

「你……怎麼想到投靠我的？」唐一明問道。

張亮嘆了口氣，道：「說來慚愧，陳沛派軍來襲擊我張家堡，我兵少，不能抵擋，便守在堡裏。是王將軍帶人擊敗了陳沛的軍隊，我張家堡才能免於一場浩劫。在下得知主公在此山上，便主動要求前來投靠。王將軍告訴在下道路，在下這才找了來。」

唐一明聽罷，擔心問道：「軍師的軍隊已經斷糧了，你可知道他們現在在何處？我好派人去給他們送糧食。」

「主公，不用了，在下已經將糧食全部送給王將軍，夠他們十天之用。」張亮回道。

唐一明激動之下，一把抓住張亮的手，大聲說道：「真是太感謝你了！」

張亮帶來了三千多人，士兵二百多人，其餘都是男女老少的百姓，還帶來了不少糧食、器皿、兵器和布匹。唐一明命人將張亮帶回泰山，自己繼續守候在這裏，期待著新的消息到來。

隨後兩天時間裏，又有各個自稱這堡那堡的堡主前來投靠，都是全族前來，一時間，泰山上熱鬧非凡。

這些堡主大都是被王猛救下的，帶來的東西不少，糧食、兵器、馬匹、農用器具等，應有盡有。唐一明也將他們妥善地安排下來，一邊讓郎肅督建新的民房，一邊迎接不斷到來的人。

為了能給女兵製造戰甲，唐一明採用了鎖子甲，可以讓女兵貼身穿著，防止不必要的傷害。不僅如此，唐一明還讓兵工廠做了一些板甲，這種板甲要比鋼甲輕一點，防禦力雖弱一些。但是女兵內穿鎖子甲，外披板甲，兩層防禦力也相當於鋼甲了。

從王猛出發後的第六天開始，便不再有消息傳來，也沒有塢堡的堡主前來投靠。唐一明打開地圖，按照最後一個塢堡的堡主所在地推算，王猛現在應該是在攻打魯郡的陳沛。

到了第十天，王猛的前線大軍終於傳來消息，這個消息足以讓唐一明高興得發瘋。王猛不僅不費一兵一卒打下魯郡，還繳獲了大批物資，現在正在往回運的途中。

回來報告的是關二牛的一個手下，聽他說，王猛出征時，一直利用計策讓黃大等人假扮陳沛的軍隊，假意攻打各個塢堡，然後王猛帶兵解救，那些塢堡的堡主為了感謝王猛的解救，便接見了王猛，王猛便用他的三寸不爛之舌，說服各個被他解救的堡主。

在攻打陳沛時，王猛更是用了一個妙計，先是利用疑兵之計，號稱大軍兩萬，並且圍住魯郡的郡城。後是讓人將信射入城中，在信中告知城中所有的人，前來攻打只是為了陳沛，只要陳沛死，不再殺戮任何人，否則的話就屠城。城中百姓和士兵早已恨透陳沛的殘暴，便發動叛亂，殺了陳沛，開城迎接王猛。

魯郡戰事一平，王猛便遊說城中百姓，將七萬多百姓和五千多士兵全部說動，讓他們舉城前來投靠，並且得到城中的大批物資。

唐一明聽完報告，不禁對王猛這人大感佩服：

「不戰而屈人之兵，此乃兵法之上乘啊，看來王猛不僅是個良相，還是個良將！唉，打仗這事，我真的是不如他，我只知道怎麼打，卻沒有想到怎麼去減少傷亡，怎樣屈人之兵。王猛啊王猛，你真是我的一大福星啊！」

第三章

傳國玉璽

關二牛搖搖頭，道：「啟稟主公，屬下不知。
不過，屬下倒是打探到一個消息，
有一名晉將身上攜帶著傳國玉璽從鄴城逃了出來，
渡過黃河的燕軍，正是為了擒他而來。」
「你……你說什麼？傳國玉璽？」唐一明吃驚地道。

六月二十七日，傍晚。

王猛帶領大軍和眾多百姓，攜帶著戰利品徐徐歸來。

唐一明老遠便看見王猛，他騎在戰馬上，向王猛揮著手，策馬狂奔而出，激動大喊道：「軍師！軍師！」

王猛見唐一明頭髮變短，鬍子也沒了，臉色一變。

唐一明翻身下馬，一把握住王猛的手，興奮說道：「軍師，你真是太厲害了，居然不費一兵一卒便攻取了泰山以南那麼多的塢堡，你真是我的偶像！」

王猛似懂非懂地說道：「主公，這是應該做的。主公你看，魯郡的這些糧食夠我們全山食用半年的。」

「怎麼會那麼多？」唐一明大吃一驚。

王猛呵呵笑道：「主公，連我也沒有想到魯郡裏的糧食居然會有那麼多，看來陳沛這幾年沒有危害泗水一帶，不然的話，哪裡來的那麼多存糧。」

「哈哈，這次攻打魯郡還真是沒有打錯。加上軍師帶回來的七萬百姓，泰山上就有三十多萬人了。這樣一來，我們的實力就更強了。」唐一明得意地道。

王猛呵呵笑道：「主公，你說得不錯，泰山實在是個理想的地方，有了這些基礎，我軍想要在這裏立足，就變得簡單多了。」

唐一明稱讚道：「這一切都是軍師的功勞，今晚我要讓全山上的人都來慶祝一下，為軍師接風洗塵！」

王猛聽了，急忙說道：「主公萬萬不可！」

「為什麼？軍師取得如此重大的勝利，為什麼不能歡慶一下？」唐一明困惑地問。

王猛指著這些百姓說道：「主公，這些都是泗水一帶的百姓，他們新來投靠，民心尚不穩定，萬一出了什麼差錯，那就大大不妙了。再說，魯郡一戰是場小戰，不值得慶祝，等主公什麼時候奪下了青州，咱們再慶祝吧。」

唐一明聽王猛說得有理，便道：「軍師說得有理，等民心穩定了再慶祝吧。對了，我準備開設一個軍事學院，由軍師擔任院長，主講軍事，給黃大等軍官培訓一下兵法，這樣以後打仗時，便可分兵而行了。」

「嗯……主公，你這個想法不錯。」王猛聽了道。

唐一明笑道：「既然如此，那就又要辛苦軍師了。」

「為主公出力，是屬下應盡的本分。」王猛謙遜地答道。

回到泰山後，唐一明等人便開始忙著安排新到來的百姓，在原有的建築工地上又擴大了一倍，準備弄出一個山城來。

七月初一。

經過幾個晝夜的時間和二十多萬百姓的齊心協力，新的建築群終於建造完畢，所有的百姓都依序入住，還有空下來的房間，準備留給陸續投靠而來的人。

泰山斷臺上，一個高高的旗桿上掛著一面大旗，上面只寫了一個簡單的字——漢。

冉魏永興三年（西元三五二年），農曆七月初七。

王猛凱旋，又帶來九萬多百姓，其中不乏青壯男子。除此之外，大批的糧食、金銀應有盡有。所有投靠而來的士兵加在一起足有九千人，加上泰山上的女兵和猛虎團，總數居然有三萬人。對唐一明來說，三萬大軍，就意味著他可以永久地佔據泰山。

兵工廠還在不停地生產著兵器、盔甲，民眾得到安撫，三十萬居民在泰山上呈現出一幅欣欣向榮的景象。

巍峨的泰山也迎來有史以來第一次大變革。

唐一明按照新的軍事編制，將三萬人全部編入新軍，將兩萬女兵組成正式軍隊，由唐一明擔任軍長，按照每班二十人的基數來算，每個師四千八百六十人，共組建四個師，剩下的五百六十個女兵則建成一個警衛營。

娘子軍的四個師長分別由黃二、劉三、李國柱、趙全擔任，唐一明的妻子李蕊則擔任警衛營的營長，直接統屬於唐一明。

一萬男兵只設到師部，一師四千八百六十人，師長由黃大擔任，二師師長由王猛擔任，餘下的二百八十人則組建成一個重騎兵連，由陶豹擔任連長，另外獨立設置了一個一百八十人的偵察連，由胡燕擔任連長，各個師部則統一歸唐一明調遣。

那些新來投靠的各個塢堡的堡主，也紛紛在軍隊中任職。

除此之外，唐一明還建立了一個軍事學院，由王猛擔任院長，每隔兩天便集中培訓兵法一次，只要是營長以上的軍官，全部要去學習，連唐一明也不例外。

農曆七月初七，是牛郎會織女的日子，唐一明承諾過手下的軍士，要給他們找個老婆，在這一天，唐一明便在山上舉行了一個相親大會，只要是兩個情投意合的人，都可以結為夫妻。

唐一明舉行了集團婚禮，他也和李蕊正式成為結髮夫妻，就連王猛也娶了一個如意妻子。

七月初八。

一切都恢復了往常的平靜，軍隊訓練，百姓勞作，哨兵放哨，偵察兵繼續偵察，所有的人都做著原來的事情，可是在他們心中，還存著昨天婚禮的喜悅。

唐一明醒來，已經是晌午了，唐一明穿上衣服，走出將軍府，和往常一樣，去視察兵工廠。

唐一明徑直來到後山，還沒有走進兵工廠，便在很遠的地方聽見了乒乒乓乓的敲打聲。

進了兵工廠後，清一色的鍛臺上各自站著一個鐵匠，還有剛剛學會如何製造兵器的學徒，他們都能夠熟練地操作敲打機了，只需要掌握住火候，便能鍛造出一把把鋒利的兵器來。周雙一邊觀察著其他的工匠，稍有不對的地方，他就會加以指點。

「嗯，不錯。周雙兢兢業業，實在是個不可多得的好廠長。」唐一明不禁讚道。

「主公，你怎麼來了？」周雙看到唐一明，問道。

「周雙，這些天只打造了五千把兵器，剩下的兵器，估計還需要多久才能完工？」唐一明問道。

周雙為難地說道：「主公，你要的那一萬把鋼戟快打造完了，只是那些女兵用的兵器有點難打造。」

「嗯，娘子軍的力氣小，用不了那麼重的鋼戟，我知道，讓你們打造這種中間空心的長戟，實在有點為難你們了，而且女兵的兵器比較繁雜，有的用長戟，有的用劍，有的則用弓，所以這項艱巨的任務，除了你，沒有別的人完成得了。」唐一明體諒道。

周雙報告道：「屬下蒙主公厚愛，才得以擔任此職務。主公放心，一個月內，屬下必定將兵器打造齊備。如今工廠裏分工不同，好的鐵匠我讓他們打造戰甲，次好的鐵匠，我讓他們打造箭矢的箭頭，鋼戟打造起來比較簡單，我就讓學徒們負責。這樣一來，不出一個月，必定會完成所有的任務。」

「嗯，很好，同時進行又不耽誤時間，我選你當廠長，真的沒有選錯。」唐一明大力稱讚道。

「多謝主公誇獎，屬下定不負主公厚望。」周雙答道。

「哈哈哈！好，我就是要你這樣的部下。」唐一明笑道。

「主公！主公！」

唐一明和周雙同時聽到一個士兵的叫喊，但見一個士兵神色慌張地跑了過來。

「出什麼事了？怎麼如此慌張？」唐一明問道。

士兵還來不及行禮，便急忙說道：「主公，不好了，胡連長……胡連長被人射傷了，就快……快死了！」

「你說什麼？胡燕現在在哪裡？是誰射傷他的？」唐一明一把抓住那個士兵的手，緊張地問道。

士兵答道：「屬下不知。胡連長剛剛帶傷而回，現在在山腳下的葫蘆谷裏。」

「快帶我去！」唐一明邊說邊邁開步子，急急走著。到了葫蘆谷，唐一明大聲喊道：「胡燕！胡燕！」

弼馬溫楊元聽見唐一明的喊聲，立即從木屋裏走了出來，說道：「主公，胡連長在這裏！」

唐一明隨同楊元進了木屋，士兵閃開道路，唐一明看見胡燕躺在草席上，胸口左邊插著一支長長的箭矢，衣服上沾滿了鮮血。

「主公……」

胡燕看見唐一明，想坐起身子來，卻無奈動彈不得，口中也流出了鮮血。

「胡燕，你先別說話。」唐一明輕聲說道。

唐一明看到胡燕神色迷離，急忙抓住胡燕的手，他看了一眼插在胡燕胸口的箭矢，見那支箭矢全身漆黑，似乎在哪裡見過。

忽然，唐一明腦海中閃過一絲光芒，驚道：「這……這是燕狗的箭矢，難道燕狗已經渡過黃河了？」

胡燕點點頭，咳了兩下，又從口中吐出些許鮮血來。

「主公……燕狗……燕狗已經渡過黃河……他……他是……」

胡燕一邊說著，一邊努力抬起自己的手，伸手指著人群中的一個人，然而話還沒有說完，抬起的手便立刻垂了下去。

唐一明見胡燕瞳孔放大，也看不到胸口的起伏，知道他死了，心中不勝悲傷，一聲呼喊由心底發了出來：「胡燕……」

他的叫聲中含著無限的哀淒，又含著憤怒，更含著幾許無奈。唐一明眉頭緊皺，臉上的表情扭曲，伸出手將胡燕還來不及閉上的眼睛給閉上。

良久，唐一明才回過神來，轉過身子，目光在木屋裏掃視了一遍，在一個角落裏看到一個身穿鎧甲、頭戴頭盔的人。

唐一明上下打量了一下那個人，那人年紀約三十七八歲，方臉、濃眉、大嘴，個頭在一米六五左右，體形略胖，身上披著的鐵甲緊緊地包裹著他的身體，顯得格外的不協調，他肩膀上還斜背著一個黃布包袱。

「你是誰？」唐一明定了定神，忙問道。

那人臉上驚魂未定，顯得有些手足無措，吞吞吐吐地道：

「我……在下……戴施。」

「戴施？看你的模樣是個將軍，可你的打扮不是燕軍，也不是段龕的齊軍，你到底是誰？」唐一明質問道。

戴施聽到胡燕等人叫他主公，當即拱手道：「在下戴施，晉平北將軍，拜見唐將軍！」

「你說什麼？你是晉朝的將軍？」唐一明聽戴施是晉朝人，不禁吃了一驚。

戴施點點頭，正色說道：「正是，在下正是天朝的將軍。」

「天朝？什麼狗屁天朝？只不過是偏安一隅的割據勢力罷了！我問你，你是不是被燕狗追殺，結果被胡燕救了？」唐一明氣憤不已地問道。

戴施愧疚地說：「不瞞將軍，確實如此，胡兄弟為救我而亡，在下也感到十分惋惜。將軍，燕狗孤軍深入，連續追了我五百多里，暫時沒有找到這裏，此時尋我不著，必定會派遣大軍前來搜索。懇請將軍速速派人送我離開此地。」

唐一明見戴施如此著急，見他背上背著一個黃布包袱，心中想道：「胡燕擔任偵察兵多時，為人機靈，什麼事情該做，什麼事情不該做，定然心中有數。他對晉朝沒有什麼好感，既然會拼死救下這個晉將，看來是這人身上有什麼重要的東西，否則的話，燕狗又怎麼會奔襲五百里追殺他？不行，胡燕不能白白死去，我也絕對不能在情況不明的時候放他離去。」

「將軍為何如此著急？泰山上防禦森嚴，就算燕狗來了，也無法進入，將軍一路鞍馬勞頓，不如暫且歇息一兩日，等休息好了，我自然會派人送你離開。」唐一明安撫道。

「不！我從鄴城一路逃到此地，不眠不休，為的就是逃離此地，速速回國。在下懇請將軍立即派人送我離去，或者給在下一匹快馬亦可。」戴施心急地說。

「將軍如此著急，莫不是身上帶著什麼不可告人的秘密？」唐一明試探地問。

戴施聽了，臉上不覺變色，忙擺手否認說：「沒有沒有，絕對沒有。在下只是思念家鄉故土，想早點回去罷了。」

唐一明目光如炬，戴施臉上的表情他又怎能看不出來，當即逼問道：「將軍，你從鄴城而來？」

戴施聽唐一明問起鄴城，急忙搖頭，改口道：「不，不，我剛才說錯了，我從野王而來。」

唐一明見戴施前後言語不一樣，心中便道：「看來這人身上果然帶著什麼重大的消息，不然為何言辭閃爍，還引來燕狗的追緝呢？胡燕因他而死，我要是連他的底細都摸不清楚，如何對得起死去的胡燕？」

「呵呵，原來如此。將軍，我看不如這樣吧。今天將軍也累了，估計也沒怎麼吃東西，山上有吃的有喝的，將軍今日暫且留宿一晚，明日一早，我親自派人護送將軍離開。在下是魏國人，久慕天朝威名，加上魏國即將滅亡，若是有將軍引薦，在下就算做個天朝小小的步卒也足矣。將軍，就讓在下聊表寸心，款待將軍一下吧。」唐一明力勸道。

戴施尋思道：「我在來的路上，便見到山道處處設防，步步陷阱，防守之嚴密，確實是無人能及。加上這裏又是山地，就算燕軍真的來了，也無法施展開來，再說，我現在又累又餓，也確實該歇息一下了。不就晚一天嘛，沒什麼大不了的。」便拱手說道：「既然如此，在下便在這裏暫留一天，待休息過來後，明日便走，一旦回到天朝，必定將將軍的大義告知本朝天子。」

唐一明哈哈笑道：「很好。楊元，你帶幾個人把戴將軍送到山上去，告知軍師，好生招待，我在這裏處理完胡燕的後事便去。」

楊元聽到唐一明的吩咐，當即說道：「是，主公！」

戴施便由楊元和幾個士兵護送，離開了葫蘆谷。

唐一明來到胡燕的屍體邊，默禱道：「胡燕，你放心，我不會讓你白死的。你臨死前想要告訴我什麼，卻沒有來得及說便走了，我一定會查出你所得到的消息，你在九泉之下，也能瞑目了。」

唐一明在葫蘆谷把胡燕給埋了，並且立下墓碑，還親手在墓碑上刻下「烈士胡燕之墓」，以嘉獎他昔日的功勞。

胡燕的死，對唐一明來說，確實是個損失，他現在最缺少的就是人才。胡燕機靈，又懂鮮卑話，十分適合執行偵察任務，胡燕一死，剛剛建立起來的偵察連就得需要一個新的連長。

唐一明思來想去，心中便選定了關二牛。

唐一明掩埋完胡燕，便讓人傳令各個要道的守兵，讓他們加強防範。燕軍既然能夠縱身五百里追擊戴施，就說明燕軍已經渡過了黃河，所以加強守衛是必要的。

唐一明來到山腳下，正準備上山，探聽戴施的口風時，便聽見一匹快馬奔馳而來的聲音。遠處來了一騎，馬上的騎士正是關二牛。

「二牛！」唐一明朝關二牛揮了揮手，大聲喊道。

關二牛騎著快馬，不一會兒便到了山腳下，勒住馬韁，翻身下馬，急急報告軍情：「啟稟主公，燕軍已經佔領鄴城，太子以及大將軍連夜敗逃，不知所蹤。另外，已有一小股燕軍渡過黃河，駐軍白馬。」

唐一明聽到這個消息，一點也不感到驚訝，他早知鄴城必定會被攻破，而且冉魏也必定會被燕軍所滅。

「我問你，你可知道戴施是誰？」唐一明問道。

關二牛搖搖頭，隨後說道：「啟稟主公，屬下不知。不過，屬下倒是打探到一個消息，有一名晉將身上攜帶著傳國玉璽從鄴城逃了出來，渡過黃河的燕軍，正是為了擒他而來。」

「你……你說什麼？傳國玉璽？」唐一明吃驚地道。

關二牛點點頭道：「正是，此消息千真萬確，已經在河北傳開了，屬下是遇到幾個難民才知道的。而且我在回來的路上，還看見兩百餘燕狗的騎兵，聽說他們正在追玉璽，結果追到濟南附近遇到了段龕的齊軍，兩邊廝殺起來，那個晉將便不知所蹤了。」

唐一明聽了關二牛的話，摸了一下自己的下巴，自言自語道：「看來戴施身上背著的那個包袱，裏面裝的就是傳國玉璽了。不行，此事事關重大，我必須和軍師商量商量。」

關二牛聽唐一明自言自語地說話，問道：「主公，傳國玉璽到了山上嗎？」

唐一明點點頭，臉上顯得極是憂鬱，道：「為了救這個晉將，卻戰死我一員大將，實在不值得啊。」

「主公，誰死了？」關二牛忙問。

唐一明嘆了口氣，拍了拍關二牛的肩膀，說道：「二牛，從今以後，你就是偵察連的連長了，希望你要竭盡全力，多多努力。」

「主公，我怎麼是連長了？不是還有胡燕嗎？胡燕他比我還要……」關二牛話說到此處，突然打住。

關二牛見唐一明的臉上頗為傷感，心中為之一震，急忙問道：「主公，你剛才說的人，不會是……是胡燕吧？」

唐一明輕輕地點了點頭，神色黯然道：「胡燕救下那個晉將，自己卻被燕狗的箭矢射穿心肺，已經……」

「胡燕……」關二牛沒有等唐一明說完，便大叫一聲，傷心叫道。

唐一明安慰道：「二牛，人死不能復生，你要節哀順變。」

「主公，胡燕……胡燕被埋在何處？」關二牛低聲泣道。

唐一明抬起手，指了指葫蘆谷，道：「我把胡燕埋在葫蘆谷外三里坡，你去祭拜一下吧。」

回到山上，唐一明先去王猛的家裏。

唐一明大聲喊道：「軍師，軍師。」

王猛見唐一明神色慌張，急忙迎上前道：「主公，何事如此慌張？」

唐一明小聲道：「軍師，今日來了一個晉將，那晉將身上還帶著傳國玉璽！」

「傳國玉璽？」王猛不敢相信地說道。

唐一明點點頭，嘆道：「為了這個晉將，還丟掉我一員大將的性命，真是禍不單行。軍師，我來就是想問問你，如何處置那晉將？」

王猛沒有立即回答唐一明的問話，而是說道：「八王之亂後，匈奴漢國率兵攻破晉都洛陽，俘虜二帝，傳國玉璽就此落入匈奴的手中；之後又輾轉流到羯族趙國的手中，一直到冉閔稱帝，傳國玉璽一直待在鄴城。南方的晉朝雖然稱了天子，卻一直有些心虛，就是因為少了這個玉璽，如今鄴城被燕軍重重包圍，玉璽這麼重要的東西，燕軍又會怎麼輕易放過？今日玉璽到來，真假未辨，主公須得親自驗明真偽，然後定奪。」

唐一明聽了，思索道：「這玉璽看來不會是假的，燕軍一直窮追戴施，連夜奔襲了五百多里，如果玉璽是假的，燕軍根本不會如此孤軍深入，因此我研判戴施身上的玉璽是真的。」

王猛問道：「主公，戴施現在何處？」

唐一明道：「我讓人先安排他食宿，暫且住下，並且派楊元嚴加看守。」

王猛問道：「主公，傳國玉璽難道主公就不想據為己有？」

唐一明面色凝重地道：「傳國玉璽？一塊破石頭而已，只要有實力，要多少這樣的石頭都可以弄來。這塊破石頭如今反是燙手山芋，就算給我，我也保不住它，倒不如賣個人情，送還給晉朝好了。一來，讓晉朝知道在泰山上還有一支抵抗胡人的軍隊；二來，咱們也可以借助這個機會和晉朝交好，讓他們發兵北伐攻打燕國。軍師，你認為怎麼樣？」

王猛淡淡地說道：「重利當頭，主公能不為之所動，還能保持如此清醒的頭腦，實令屬下佩服。只不過……」

王猛說到此處頓了頓，道：「只不過，這傳國玉璽也未必要歸還給晉朝。主公設想一下，晉朝的天子都當了許多年了，有沒有玉璽都無足輕重，正統的位置誰也取代不了，如果還給晉朝，最多是得到一些無關痛癢的封賞，但是如果把玉璽作為籌碼來和燕軍交換，主公想想，現在我們最缺的是什麼？」

「糧食！」唐一明想都沒有想，便答了出來。

「對，魯郡一戰，屬下雖然奪回許多糧食，但也只夠咱們維持到冬天的，一旦斷糧，到了冬天，我們又該吃什麼？所以屬下以為，不如奪下玉璽作為籌碼，來和燕國交換我們所需要的糧食！」王猛細細分析道。

唐一明聽了，不住點頭。

「軍師，你說得很對。從此處到晉朝，相隔千里，路途遙遠，護送起來十分不易，我們若殺了戴施，奪下玉璽，這消息也未必就能傳到晉朝去；倒是燕軍離我們最近，如今鄴城已被攻破，燕國大軍必將在近日南下，我們完全可以和他們交換我們所需要的糧食。」

王猛道：「戴施未必要殺，到時候將戴施和玉璽一起拿來交換糧食便是了。」

唐一明點點頭，忽然又想起一件事來，急忙問道：「燕國大軍南下，勢必會橫掃中原，看來天下大勢要改變格局了。軍師，燕軍可比段龕的齊軍厲害多了，我擔心燕軍會圍剿泰山。這樣的大勢下，我們又該如何自處呢？」

王猛伸出手，按在桌上的那幅地圖上，說道：「主公，你來之前，我就已經定好三個發展計畫，以幫助主公完成心中的宏偉霸圖。」

「哦，是哪三個發展計畫？」唐一明急忙問道。

王猛指著地圖，一邊比畫道：

「主公請看，燕軍南下，已經成為勢不可擋的趨勢，而燕軍的首個目標，便是盤踞在青州的齊王段龕。如果段龕聰明的話，盡可以嚴守黃河沿岸和青州要道，阻塞燕軍通過，這樣一來，以齊軍的實力至少可以抵擋住燕軍一年以上。如果段龕龜縮在廣固城裏，燕軍一旦進入青州，勢必會將廣固城包圍，圍而攻之，只怕不出半年，段龕就要被滅。」

「嗯，你說得不錯，這也是我早就料到的。」唐一明道。

「呵呵，主公，這是燕軍的第一步，也是我們的第一步！」王猛道。

「我們的第一步？軍師，你是說，燕軍和齊軍對峙之際，我們乘勢對兩軍進行騷擾？」唐一明問道。

王猛點點頭，說道：「就是要騷擾他們，趁兩軍交戰之際，在青州的其他地方搶奪物資，以增加自己的實力。」

「那第二步呢？」唐一明問道。

王猛指著地圖說道：「燕軍一旦滅掉了段龕，我們就退到山上，嚴守各個山口要道，讓燕軍無法攻打我們。屬下猜測，燕王的雄心壯志在於天下，絕不會為了泰山一座小小的山頭過多損失兵力。但是為了防止我們發展起來，肯定會派駐軍留守青州，燕國大軍向西用兵，矛頭肯定會指向已經在關中建立國家的秦國。等燕國大軍走後，主公便可以攻略青州，佔據這一片富饒的土地。」

「嗯，確實不錯。佔據青州後，我要好好地發展一下，招募更多的流民，開墾荒地，發展海軍和重工業，只有這樣，才能在青州站住腳跟！」唐一明自信滿滿地說道。

王猛呵呵笑道：「主公，你說得沒錯。燕軍向西用兵之後，肯定無暇東顧，主公在這個時候就可以穩重發展，等到有了一定實力之後，便可以向南佔領徐州，以二州之地足以雄霸一方。」

唐一明聽了王猛的方略，覺得甚是滿意。但是，他還是有點擔心，因為南邊還有一個實力很強大的晉朝，如果不和它搞好關係，肯定是不行的。

「幾十年後會有一場淝水之戰，如果我能將這場淝水之戰提前的話，讓北方的燕國和南方的晉朝打一仗，他們兩敗俱傷，我再從中謀利，這樣一來，結束亂世的步伐就會加快。哈哈，這個主意好，那我就做個策劃者，先幫助燕國完成北方的統一，再鼓動晉朝發動北伐，等到兩國打起來的時候，也就是我問鼎天下的時候啦。」唐一明心中暗自想道。

「軍師，第三步是以青、徐二州問鼎天下，對嗎？」唐一明想完，問道。

王猛道：「主公完全說對了。」

唐一明點了點頭，對王猛說道：「軍師，有你這樣的良相在身邊，真是抵得上十萬精兵啊！」

王猛謙虛道：「主公過獎了！」

唐一明道：「我這就去套一套戴施的口風，如果他老實的話，我就留下他；如果他不老實，就殺掉他，奪得玉璽，好跟燕國換取糧食。」

王猛見唐一明起身要走，攔道：「主公且慢，以現在的形勢來跟燕軍換的話，只怕籌碼會很低，換取不了多少糧食。」

唐一明忙問：「那我們該怎麼換？」

王猛說道：「必須先和燕軍打一仗，而且這一仗必須是勝仗，否則以燕軍現在的實力，根本不屑於和我們交換。」

唐一明聽了，點頭說道：「軍師，你說得不錯。現在燕軍勢大，聲勢滔天，他們既然已經掃平了黃河以北，這次南下必定會橫掃中原，我們雖然佔據泰山，在段龕眼中也只不過是小小的泰山賊寇，那在燕軍的眼中，我們就更不值得一提了。軍師，我明白你的意思了，是讓燕軍對我們另眼相看，以勝利之師用玉璽作為交換，而非等到燕軍兵臨城下以後才交換。這樣一來，我們便可以將籌碼增加，從而換取更多的糧食了。」

「主公英明，一點就通。」王猛誇讚道。

第四章

建國稱帝

一陣沉默後，王簡率先站起來説道：
「主公，既然那晉將身上帶著玉璽，
又被主公關押起來，不如將軍奪下玉璽，
請主公帶領我們延續漢人天下，建國稱帝。」
張幹、郎肅站起來一起説道：「請主公登九五之尊！

唐一明笑道：「軍師過獎了，與軍師的不戰而屈人之兵相比，我這些是小打小鬧，不足一提。我這就去吩咐士兵，多做些陷阱，引燕軍來攻！」

「主公萬萬不可！」王猛急忙阻止。

「我們據險而守，抵擋燕國大軍，這有什麼不合適的嗎？」唐一明不解地道。

王猛搖頭道：「主公，此戰是關鍵的一戰，能否打出我們的威風，讓燕軍不敢小覷，全在一戰之中。我軍如果據險而守，和一般山匪無異，因此必須主動出擊，在山外與燕軍決戰，然後以少勝多，一戰定勝負，只有這樣，才能顯示出我軍的實力。」

「與燕軍正面交鋒？這樣不妥吧？我們現在人少，而且都是步兵，如果出了泰山，外面都是平原和丘陵，很適合燕國的騎兵作戰，這樣一來，打起來就麻煩多了。」唐一明憂慮道。

王猛擺擺手，笑道：「非也！在平原和丘陵上作戰，我軍的勝算會更大。」

「此話怎講？」唐一明見王猛很有信心，急忙問道。

「主公，此乃驕兵之計。燕軍多是騎兵，在平原上很有優勢，正因如此，我們如果在平原上與燕軍作戰，才能讓燕軍的士兵產生驕橫的心理。如此一來，燕軍必定會輕敵，我們再施以妙計，則燕軍必敗無疑。」王猛解釋道。

唐一明聽完，哈哈笑道：「軍師高見，那我現在就去吩咐部下厲兵秣馬，準備迎接大戰。」

王猛點點頭，道：「主公，燕軍如果渡過黃河，肯定會在陳留集結，從陳留到泰山，少說也要兩三日，這兩三日內，我軍必須做好充分的準備。」

「好，軍師，我先去招待一下戴施，我走了。」唐一明道。

「主公，內人已經做好飯了，主公吃完飯再走吧。」王猛熱情挽留道。

王猛的新婚妻子也是從鄴城裏逃出來的後宮美女，姓袁名芳，出身士族，也算飽讀詩書。

唐一明聽了，高興地道：「承蒙軍師盛情邀請，那我就恭敬不如從命了。」

唐一明便留下來，在王猛家吃過飯之後，這才離去。

此時，戴施已經吃飽飯，他連續奔波許久，又累又餓，終於一頓飽餐，稍微可以喘口氣了。

吃飽飯後，他被帶到一間木屋裏。他取下背上的包袱，將包袱打開，一枚傳國玉璽就此顯露在眼前。

他拿起玉璽，臉上露出喜悅的笑容，自語道：「為了你，我可是費盡周折，等到明日，我就可以帶著你返國了，從此你也不用再流浪在外，我也可以加官進爵，享受榮華富貴啦。」

戴施仔細瞧看之後，便將玉璽又用包袱給小心地包了起來，緊緊地繫在自己腰間，躺在木床上休息。

「泰山上果然氣象不同，房舍依山而建，起伏有序，錯落有致，完完全全是個山城，看來這泰山上果然有能人。」戴施的腦海中緩緩地想道。

「哎！」戴施長長地嘆了一口氣，自言自語地說道：「可惜胡兄弟了，要不是他冒死相救，我戴施早就落入胡人的手裏，此時只怕已經成為刀下亡魂了。這唐一明倒也是個人物，居然能在胡人的眼皮子底下佔據泰山，只可惜燕軍已經南下，怕是也守不了多久，我要是勸他和我一起走，一起回國的話，不知道他願不願意？這裏有許多百姓，我要是將他們一併帶回國，再加上玉璽的功勞，肯定會得到更多的賞賜。哈哈哈！」

戴施的腦海裏不禁幻想起自己得到榮華富貴以後的樣子。

不知道過了多久，戴施迷迷糊糊中聽見有人敲門。

「誰？」

戴施雙手急忙捂住了自己繫在腰裏的包袱，將包袱裏的玉璽緊緊抱住，看得比自己的性命還重要。

「戴將軍，睡了嗎？在下唐一明。」門外傳來一個渾厚的聲音。

「是他？他是這裏的主人，我要是不見的話，只怕會引來別人的厭煩；只是，他現在來又是幹什麼？難不成他知道我身上帶著玉璽，想要搶我的功勞？」

戴施腦中浮想聯翩。想來想去，還是決定開門。

他將包袱從腰間解下來，然後放在床底下，等到確定把玉璽藏好之後，這才敢開門。

「吱呀」一聲，門開了。戴施揉了揉眼睛，裝作剛剛睡醒的樣子，道：「唐將軍，有什麼事情嗎？」

唐一明見戴施身上斜背著的包袱沒了，當下說道：「哦，有點事想請教戴將軍一二。」

戴施打了個手勢，同時說道：「唐將軍，裏面請！」

唐一明也不客氣，徑直走到房間裏，目光四下打量了一番，見周圍都沒有戴施身上背著的那個黃布包袱，心中不禁生疑：「戴施這傢伙肯定是把包袱給藏起來了，如此遮遮掩掩的，那包袱裏一定就是傳國玉璽。」

「唐將軍請坐！不知道你找我有什麼事？」戴施推過來一張凳子，畢恭畢敬地說道。

唐一明坐下，不動聲色地說：「其實，也沒有什麼特別的事。據我的部下來報，說鄴城被攻破了，我是魏國的將軍，又怎能不關心一下都城的情況呢，所以才來叨擾將軍，還請將軍莫怪。」

「唉！此事不提也罷，鄴城被燕軍圍攻數月，城中糧盡援絕，守城士兵和城中百姓相互而食，那種慘狀簡直是亙古未有。貴國太子為了讓士兵吃飽肚子有力氣打仗，便將皇宮內的十幾萬美女統統殺掉餵養士兵，那幾日，鄴城簡直是……唉！不提也罷！」

戴施重重地嘆了一口氣。

唐一明聽完後，心頭也為之一震，人吃人的場景他還沒有見過，沒有身臨其境的經歷，他也體會不到那種血腥。他為之吃驚的，是對那些被殺掉當做食物的美女們。要不是他早就知道這段歷史，讓王凱去解救出一些美女，只怕他也不會遇到李蕊這樣的嬌妻，士兵們也不會每個人都娶得一個美麗的新娘。

「在下聽說鄴城被團團包圍，戴將軍又是怎麼逃出來的？」唐一明問。

戴施餘悸猶存地說：「戴某不才，得聞鄴城被圍，便帶著部下幾百兵士前去襄助，結果徒勞無功，還險些喪命。如果不是你們魏國的城門守將叛變，打開了城門，只怕此時燕軍也決然攻不下鄴城。城破之時，我趁燕軍不備，從南門帶人衝殺而出，一路向南逃走，本想與北伐大軍會合，哪知北伐大軍已經於上月退回。中原廣袤千里的地方上又恢復了割據的形勢，我便一路向東，準備繞道回國，哪知又被燕軍追上，手下軍士全部戰死，只有我一人逃了出來，如果不是在接近濟南的地方上遇到胡兄弟，我早已死在燕軍的手裏了。唉！」

唐一明聽戴施說起胡燕，心中也頗為傷感，但是臉上波瀾不驚地道：「北伐大軍？敢問將軍，貴國何時北伐的，為什麼我這裏沒有一點兒消息？」

戴施道：「今年二月到六月，大軍從荊襄一帶出發，一路向北，然後攻下洛陽後便撤軍了。」

「奶奶的，原來是這樣的北伐啊，沒有頭尾，只攻下洛陽就回軍，真的捨棄了北方的大好河山和黎民百姓啊，看來偏安的思想已經深入晉朝人的心裏了。」唐一明心道。

唐一明單刀直入地問道：「聽說將軍身上帶著傳國玉璽，不知可否屬實？」

戴施聽唐一明突然問起此事，心中大驚，臉上露出慌張之色，急忙擺手說道：「不，絕無此事！唐將軍，你且莫聽別人亂言，那些都是謠言。」

唐一明看到戴施的表情，心中已經很確定戴施身上確實有傳國玉璽。

「這傢伙言語閃爍，分明是害怕我會搶奪他的傳國玉璽。哼！反正你已經落入老子的手中，搶你又怎麼樣？殺你都不是難事了，如此遮遮掩掩的，你當我是傻瓜嗎？這傢伙說起人吃人的事情來，眼皮都沒有眨一下，似乎是很平常的事，眼中更是佈滿血絲，看來也吃了不少人肉，不然又怎麼能活到現在？」

唐一明心中緩緩想道，嘴上卻裝作無事地說：

「呵呵，戴將軍，你不必如此驚慌。不管你身上有沒有玉璽，我都不會搶你，更不會殺你，我準備把你送回國，我已經寫信讓人告知貴國，讓他們派兵來接應你。你也知道，從泰山到貴國，中間有不少割據的勢力，路途遙遠，恐怕不好走，所以要暫時委屈一下戴將軍，在山上多逗留幾日，等到貴國的人一來，我就親自送你走。」

戴施一聽唐一明要他多留幾日，心裏是一百個不願意，當即婉拒道：「不，唐將軍，你的好意我心領了。只是這樣太耗費時間了，萬一燕軍殺到，我就無處可逃了，我必須儘快回國，將戰報呈報上去。在下只求一匹快馬，也不要將軍護送，今日便走，請唐將軍看在大家都是漢人的分上，完成在下這個小小的請求吧！」

唐一明聽了，哈哈笑道：「戴將軍，你慌什麼。燕軍就算來了也不礙事，泰山上有兵將三萬，糧食還可以支撐半年。何況這裏是山區，不適合燕軍騎兵作戰，那些鮮卑人不就是仗著自己是馬背上的勇士嗎，到了這裏，就得下馬作戰，成為蹩腳士兵。我都不怕，你怕個什麼？」

「不不，燕軍此次是大舉南下，大將軍慕容恪更是文武雙全，神勇無敵，更加上他手下還有皇甫真、陽騖為輔，來勢洶洶，勢不可擋，萬一他把泰山團團圍住，想走都走不了啦。唐將軍，我見你也是人中豪傑，不如就和我一起歸國，我上奏天子，給唐將軍封賞一個大大的官職，從此在江南過著無憂無慮的生活，豈不美哉？」

戴施急道。

「這傢伙竟想把我勸走。我又不是不知道東晉的那些士族門閥制度，就算我去了，給的官職再大，也絕對不會有實權；我想結束亂世，你們想偏安。道不同不相為謀，我跟你回去還不如堅守在此，就算是做個山大王也逍遙自在，比那些偽君子強多了。何況我的心中更有雄心壯志，你們能和我比嗎？」唐一明心中冷冷地說道。

「呵呵，多謝將軍美意。在下出身低微，不適合在貴國待下去，在下只想帶著這山上的民眾一起抵抗胡人，也算是為死去的陛下報仇。」唐一明直言道。

戴施悵然說道：「人各有志，我不勉強你，既然如此，將軍請給我一匹快馬，讓我現在就走吧。」

唐一明勸道：「戴將軍，你急什麼？你且在這裏好生休息，等過幾日我打敗燕軍，自然會送你去，到時候你也會有享不盡的榮華富貴。」

「打敗燕軍？你別做夢了，可以說是癡心妄想，慕容恪手下厲害的不僅是他的騎兵，還有他的幽靈部隊，那些可都是個個驍勇善戰的步兵，是如同虎狼一般的人物。唐將軍，我也不等了，就請唐將軍給我一匹快馬，我這就走。」戴施冷笑一聲道。

唐一明聽戴施如此說話，不僅沒有生氣，反而眉頭緊皺，想要知道慕容恪手下的那支幽靈部隊是什麼樣子。

唐一明猛然起身，向門外大聲喊道：「楊元！」

戴施見唐一明走出門大喊，還以為是要給他馬匹，當即跟了出來，說道：「唐將軍，你真是性情中人，辦事如此豪爽，令在下佩服。今日一別，不知道哪年哪月才會再見。不過，將軍和胡兄弟的大恩，在下銘記於心，絕對不敢忘懷。」

唐一明沒有說話，眼睛緊盯著從一邊跑來的楊元。

楊元向唐一明行了一個軍禮，隨後道：「主公，喚我何事？」

唐一明指指身邊的戴施，吩咐道：「這幾日你不必回去養馬了，養馬的事交給別人來做。你就留在山上，好好地招待戴將軍，要讓他衣食無憂，別讓他亂走，知道了嗎？」

「諾！」楊元答道。

戴施聽唐一明的話，分明是要將他軟禁起來，立即大聲抗議：

「唐將軍，你……你這是幹什麼？」

唐一明嘿嘿笑道：「你說我幹什麼？你明明身上帶著傳國玉璽，休想瞞騙過我。為了救你，胡燕被燕狗殺死，我沒有殺你給胡燕謝罪，已經是對你很客氣了。你這幾日就好好地待在木屋裏，哪裡也不准去，看好你的玉璽，等我打敗燕狗的軍隊，自然會把你送回去。嘿嘿，只不過是送你和燕狗換取糧食。」

「你……你……唐將軍，在下身上確實有傳國玉璽，我願意將玉璽獻給將軍，如果把玉璽歸還給我國，定然會得到賞賜，這些都給將軍，在下只求活命，別無其他。請將軍放我歸去，千萬別把我交給燕賊，我殺了燕賊不少人，他們恨我入骨，一定會殺了我的。」戴施急忙跪在地上央求道。

唐一明看戴施跪地請求，不禁鄙視道：「晉朝有你這樣的將軍，真是悲哀！你雖然穿著將軍的鎧甲，卻連武器都丟了，哪裡還有個將軍的樣子？在漢人面前你是將軍，在燕狗面前，你卻連狗都不如。傳國玉璽？哼！一塊爛石頭而已，我要它有何用？」

戴施忙道：「傳國玉璽怎麼是爛石頭呢？擁有它，就可以稱帝了，這樣一來，將軍就可以當皇帝了……」

「呸！我就算想當皇帝，不要傳國玉璽也一樣能當，用它換糧食，是再好不過的了。你放心，我不會殺你，你就安心地在山上好吃好喝吧。」唐一明說完，隨即轉身就要離開。

「將軍……將軍……」戴施看見唐一明要走，急急地跪在地上不斷拜道。

「楊元，好生看管此人！」唐一明邊走邊大聲令道。

「諾！主公放心，屬下定當不負主公之命！」楊元回道。

「唐將軍……唐將軍……」

戴施急忙站起來，想要趕上唐一明，卻被楊元和幾個士兵攔住，將他推進木屋裏，並且將門給鎖上。

「戴施啊戴施，你可別怪我，胡燕因你而死，你身上又帶著玉璽，不把你拿去換糧食，我就是傻瓜了。別說此處與晉朝相隔千里，消息不通。就算是他們知道了，又能奈我何？哈哈哈！」唐一明嘴角洋溢起一絲笑容，想道。

冉魏永興三年（西元三五二年），七月初八。

在中國的大地上，秦嶺淮河以北，一場大規模的軍事行動正在緊鑼密鼓地進行。燕國的大軍迅速掃平黃河以北，平定了後趙和冉魏的殘餘勢力，盛極一時的冉魏帝國猶如曇花一現，僅僅三年時間，便再次被胡人顛覆。

燕國志在天下，在安撫了拓跋氏的代國、掃平黃河以北的殘餘勢力後，燕王慕容儁下令燕軍開始大舉南下，準備進軍中原。大將軍慕容恪率軍三十萬，以迅雷不及掩耳之勢渡過黃河，並且佔據陳留，屯兵在此。

七月初八正午剛過沒有多久，唐一明探視完戴施，剛回到將軍府，便見一個偵察兵前來報告。

「主公，燕大將軍慕容恪率軍三十萬已經渡過黃河，現在駐紮在陳留。」偵察兵慌忙地將自己探來的軍情告知唐一明。

唐一明眉頭緊皺，輕輕地揮了揮手，道：「知道了，繼續打探。」

「諾！」

偵察兵剛剛退出，唐一明便急忙走到將軍府門前，對守衛的士兵說道：「傳我命令，速速召集各個官員到這裏來議事。」

守門士兵急急跑去傳令。唐一明來到將軍府，等候著各個官員的到來。

「慕容恪居然率三十萬大軍渡過黃河，看來他不單單是為了搶奪玉璽而來，而是為了整個中原。慕容恪，我等你等很久了，你這個五胡十六國第一名將，我一定要親手揭開你的面紗。」唐一明的心中思緒萬千。

過了一會兒，團級以上的軍官以及各個文職官員陸續進了將軍府，原本冷清的大廳驟然變得熱鬧非凡。

唐一明掃視一圈，除了遠在十里之外的王凱無法立刻到達外，其他人都坐在草席上，等候著唐一明的吩咐。

唐一明哽咽地道：「各位，今日我召你們來，是有兩件事要說。第一件事，是胡燕已經戰死沙場……」

唐一明話還沒有說完，便被黃大給打斷了：「主公，你說什麼？胡燕死了？他……怎麼可能……這到底是怎麼回事？」

「主公，我早上還見到胡燕，他還興高采烈的，怎麼會死了呢？」劉三也不敢置信。

唐一明悲傷地說：「胡燕是為了救一名晉將才被燕狗射死的，這名晉將身上帶著傳國玉璽，現在，我已經讓人把那個晉將關押起來了。」

「傳國玉璽？」

除了早已知情的王猛和沉浸在悲傷中的黃大外，其他人都吃驚不已。

唐一明對關二牛說道：「二牛，你將你打探到的消息說給大夥兒聽聽。」

關二牛站了起來，敬了一個軍禮，緩緩說道：「是，主公！」他深吸一口氣，朗聲道：「燕狗圍攻鄴城數月，鄴城內的士兵和居民都斷糧了，靠吃人肉才勉強支撐下去。三日前，燕狗攻破了鄴城，太子和大將軍逃出鄴城，在魯口被燕狗斬殺，魏國已經……唉！後來，有一名晉將帶著傳國玉璽出逃，被燕狗的軍隊追殺來此。後面的事，就是主公所說的了。」

所有人聽到人吃人的事以及魏國滅亡的消息，臉上都現出陰鬱的表情。

一陣沉默後，王簡率先說道：「主公，既然那晉將身上帶著玉璽，又被主公關押起來，不如將軍奪下玉璽，請主公帶領我們延續漢人天下，建國稱帝。」

張幹、郎肅也立時表態道：「請主公登九五之尊！」

李老四聽到張幹、郎肅的喊聲，原先心中憋屈的一肚子火，現在一股腦都發了出來。

李老四猛然站了起來，走到大廳中央，撲通一聲跪在地上，向唐一明拜了拜，然後說道：「主公！魏國沒了，陛下也死了，我們這幫人要不是主公帶著，恐怕也早已死了。我沒有讀過什麼書，也認不得幾個字。可我知道，傳國玉璽是登上帝位的好東西，既然玉璽到了咱這裏，就是老天爺賜給主公的。他奶奶的，那些個胡人豬狗都隨便稱王了，主公又為何稱不了皇帝？我非常贊同王簡的話，主公，你就當皇帝吧，帶領我們，一定要打敗那幫子胡人。」

此話一落，黃大、黃二、劉三、趙全、金勇、李國柱、關二牛等人紛紛跪在地上。

「請主公即皇帝位，帶領我們掃滅胡人！」所有人異口同聲喊著。

大廳裏，除了唐一明，只有一個人沒有動，那個人就是王猛。王猛不動聲色，看著跪在大廳中的眾人，沒有說一句話。

「胡鬧！」唐一明厲聲叫道：「都給我起來！」

眾人聽到唐一明的喊聲，不禁有點吃驚，都用十分好奇的目光看著唐一明。

「都給我起來！聽見沒有？有了一個爛石頭就能稱帝？你們想得也太天真了！」唐一明滿臉怒色地吼道。

眾人見唐一明發怒，更是不解，可也不好違拗唐一明的意思，便紛紛站了起來，各自回到原位。

「主公，難道你不想稱帝嗎？」王簡試探地問。

唐一明眉頭緊皺，道：「不想當將軍的士兵不是好士兵，同樣的道理，不想當皇帝的英雄，也不是真英雄。當皇帝哪裡有這麼容易？就憑藉著一塊玉璽？如果今天我稱了皇帝，明天就會被人給滅掉，這種事可不是鬧著玩的，沒有實力的話，就不能稱帝，所以，此事暫且不用提了。關於玉璽的事，我早已有打算，眾位也不用再過多的操心了。」

「主公說得極是，是我看得不夠久遠。」王簡愧疚地說。

唐一明擺擺手道：「這也怪不得你。好了，我要跟大家說的第二件事，也是最為重要的事。燕國既然滅掉魏國，掃平了黃河以北，他們就會南下。燕軍不出我的所料，已經在今天渡過黃河，三十萬大軍現在就駐紮在幾百里外的陳留郡，據我和軍師估計，燕軍三日內必然會有所動向，到時候，我軍會和燕軍有一場大戰，我們現在要做的是厲兵秣馬，積極備戰，所有的軍隊都要加強訓練，各個入山的道路都要嚴加防守。幾天後，我會親自挫敗燕國的軍隊，以揚我漢人之威！」

眾人見唐一明一臉自信，而且對三十萬燕軍沒有絲毫害怕的意思，他們受到鼓舞，對即將到來的大戰也沒有顯出一點憂心，反而更加堅定了抵抗胡人的信念。

接下來，唐一明便發號施令，讓王簡將大戰的消息傳遍到全山，一方面讓軍隊積極訓練，準備迎接大戰的到來。

唐一明下達一連串的命令後，將眾人遣散，單獨留下了王猛。

王猛在整個過程中都保持沈默，沒有發表任何意見，始終靜靜地坐著，唐一明忍不住問道：「軍師，今天為什麼你一句話都沒有說？」

王猛道：「主公，你的調度十分得當，屬下沒有什麼好說的，也就不說了。」

「軍師，你說燕軍三十萬人，會不會全部調過來攻打青州？」唐一明問道。

王猛搖搖頭，緩緩說道：「這倒不會。燕軍三十萬人，至少要分出一半以上來攻打中原的割據勢力，那些割據的勢力或占一郡，或占一城，或占一山，這些勢力表面上歸順晉朝，實際上自成一體，燕軍又怎麼會不派出精悍將士去攻打呢？」

「照軍師這麼說，那燕軍會派出多少兵力來攻打青州的段龕呢？」唐一明問道。

王猛伸出雙手，兩根食指交叉在一起，一橫一豎，比出一個數字「十」來。

「十萬人？那也不是小數目啊，我們全山上下加在一起才不過三萬士兵，算上還沒有練成的童子軍，也不過才四萬，而且大部分都是沒有作戰經驗的新兵，懸殊太大了。我們必須想個好辦法才行，不然的話，不僅打敗不了燕軍，反而自己也受到重創。」唐一明擔憂地道。

王猛呵呵笑道：「主公，此戰的關鍵在於首戰。只要首戰勝利，便可一戰成名，定下乾坤。主公，你放心，屬下已經為主公想好了破敵之計。」

「哦，軍師，你有什麼妙計，快快講給我聽！」唐一明迫不及待地問。

「主公，戴施來泰山的消息，有幾個人知道？」王猛賣著關子道。

唐一明答道：「這個嘛，可能沒有幾個人知道。」

「嗯……這不行。請主公速速派出一些人，將戴施帶著玉璽到泰山的消息散佈出去。」王猛略微沉思了一下，說道。

「散佈出去？」唐一明好奇地問。

王猛點點頭，道：「主公，只有這樣做，才會引來燕軍和我軍決戰。在這片土地上，世人都知道齊王段龕，而不知道在段龕的眼皮底下還有一支勁旅，只要放出消息，燕軍自會來搶奪玉璽。」

「哈哈，軍師說得不錯，那我這就去讓人去辦。」唐一明道。

第五章

道破天機

唐一明大嘆道：
「慕容氏各個是英雄好漢，為什麼咱們就沒有那樣人才呢？」
王猛興奮地道：「主公，你真是一語道破天機啊。
主公應當不拘一格選用人才，
但凡有一技之長的人，都可以招攬來，
一起為主公出力抵抗胡人！」

燕軍南下的消息迅速傳遍了整個泰山，百姓們沒有感到恐慌，軍隊也沒有感到害怕，這一切都源自於他們對唐一明的信心。

這些百姓和軍隊跟隨唐一明兩個多月來，不僅衣食無憂，還沒有遭受到胡人的侵擾，加上多次以少勝多的戰鬥，他們的內心裏，早已沒有當初對胡人的恐懼感，漸漸地走出了心中的陰霾。

百姓們用辛勤的勞動默默地鼓勵著軍隊，他們給士兵們做著統一的軍裝。軍裝是由唐一明親手設計，男女都一樣。

製衣廠是最近幾天新開的，招募了五萬名女工，用王猛從魯郡帶回來的布匹製作。軍裝方便、大方、得體，實用性很強，頗受士兵的歡迎。女兵們也脫下她們的裙裝，換上軍裝，成為一名真正的士兵。

兵工廠也在加緊打造兵器，日夜不休，輪班更替。泰山，昔日的無人之地，幽靜之所，頓時成為一座積極備戰的城市。戰爭的來臨，讓百姓和軍民更加團結，讓所有人對唐一明更加期待，緊張的氣氛，一直籠罩著全山。

泰山軍民積極備戰，唐一明也沒有閒著。他一面讓人散佈玉璽在泰山的消息，一面親自在泰山腳下舉行閱兵，訓練士兵積極備戰。

玉璽在泰山的消息一經公開，便迅速傳到了燕軍大營。

兩晉時期，由於司馬氏皇室的腐朽，造成天下大亂、匈奴、羯族、氐族、鮮卑、羌族五個少數民族相繼崛起，縱橫北方。這段歷史，是天下豪俊們縱情展現的舞臺。

其中，鮮卑族的燕國慕容氏，可謂人才濟濟。從第一代君主慕容廆開始，第二代慕容皝，往下接連四五代，都是英傑輩出，威震數世。

而慕容氏群雄中，最出色的當數第三代，慕容儁，慕容恪，慕容霸（後改名慕容垂），慕容德，個個都是當時首屈一指的才俊。他們之中，又以慕容恪文韜武略最為出類拔萃。

三十萬燕軍剛剛渡過黃河，暫時駐紮在陳留。

陳留城的太守府裏，燕國大將軍慕容恪坐在一張椅子上，看著桌上的地圖，仔細研究著戰略。

慕容恪的眼睛一直緊盯著桌上的地圖，手指輕輕在地圖上不同的地方輕輕掠過，那份專注遠遠超乎人的想像。

說起相貌，慕容恪堪稱絕世美男子，膚色白晰，鼻梁挺直身影挺拔，眼睛亮如星辰，長髮自然地垂在雙肩上，遮住他大半張臉。

「大將軍！大將軍！」

高亢的聲音從太守府大廳外面傳了進來，一個身著盔甲的魁梧漢子徑直走了進來。

慕容恪聽到這叫聲，抬起頭來，用一種十分輕柔的聲音問道：

「什麼事？如此慌張？」

那魁梧的漢子雖然膚色也算白皙，但是相貌與慕容恪比起來，簡直是相差太遠，而且年齡也比慕容恪要大出許多。

他走到慕容恪的桌前，畢恭畢敬地說道：「大將軍，玉璽的下落已經知道了，那戴施原來逃到泰山上去了。」

慕容恪聽到玉璽的消息，立即問道：「泰山？那裏與段龕的青州相接，就在段龕的眼皮底下，難不成是段龕私吞了玉璽不成？」

魁梧漢子搖搖頭，說道：「大將軍，不是段龕，是冉魏的亡臣，叫什麼唐一明。據斥候來報，他率軍佔領了泰山，玉璽就被他奪走了。」

「大將軍，末將願意帶領一萬人馬去將玉璽奪回來。」一個站在慕容恪身側的漢子朗聲說道。

那人身披青藍色垂地長袍，屹然雄偉如山，烏黑的頭髮繞紮成髻，五官輪廓清晰冷峻，頗有一股不可一世，睥睨天下的氣概。

「楚季，不可輕敵。泰山周圍都是山地，不適合騎兵開展，易守難攻，玉璽一事，還是我親自前往。」慕容恪淡淡說道。

那個被喚作楚季的人，便是燕國的前將軍皇甫真，也是慕容恪的左膀右臂；而那個魁梧的漢子，則是左將軍慕容軍，也是燕國皇族。

皇甫真聽到慕容恪要親自前往，急忙阻止說：「大將軍貴為三軍統帥，應當坐鎮軍帳，此等小事，我等便可自取，何勞大將軍乎？」

慕容恪聽完，對慕容軍說道：「斥候來報，只怕不僅這些小事吧？」

慕容軍急忙道：「大將軍，你猜得沒有錯，斥候報說玉璽確實在泰山，而泰山上的那支兵馬只有兩三千人，曾經與段龕發生過戰鬥，皆是以少勝多，打敗段龕的齊軍多次。」

慕容恪的對皇甫真道：「楚季，你聽到了？泰山上的那支兵馬，並非你想像得那麼簡單。」

慕容軍冷哼一聲，道：「大將軍，段龕的齊軍怎麼能和我們的軍隊比呢？段龕的軍隊也只配搶掠一下村莊而已，小小的泰山賊都攻打不下，說明他無能。我大燕國的軍隊所向披靡，無堅不摧，這夥泰山賊又能掀起什麼大浪來？放眼整個中原，除了段龕兵馬十幾萬之外，哪裡還有能抵擋住我大燕鐵騎的地方？大將軍，皇甫將軍，也不勞你們了，我願意請三千軍馬去踏平泰山。」

慕容恪聽了，道：「大王除了讓我來取中原，還有一事便是玉璽，只要拿到玉璽，大王便可擺脫晉朝，獨立為尊。泰山賊寇雖然人少，卻是冉魏遺臣，你們可別忘記了，冉閔當初只帶來不到一萬人的部隊，我軍費盡心機才將其除去，後來又圍攻鄴城數月，魏國的勁旅，實在不可小覷。」

皇甫真問道：「大將軍，你的意思是……」

「我的意思很明確，玉璽一事，我必須親自前往，現在敵我不明，我們不能胡亂造次。泰山上的賊寇到底有多少，我們不得而知，這個唐一明又是何許人我們也不清楚，這種情況下，我軍不可擅自展開行動。既然知道玉璽在泰山，那就好辦了，楚季，召集其他幾位將軍前來，我要下達將命！」慕容恪正色道。

皇甫真抱拳回道：「是，大將軍！」

泰山腳下，唐一明已經訓練完士兵，也已經遣散了各個部隊，他則到葫蘆谷裏走了一圈，觀看葫蘆谷裏的兵器和馬匹。

葫蘆谷裏的山洞裏，放著各式各樣的兵器，這些都是唐一明在戰鬥中的戰利品，從胡人的手裏繳獲而來的。戰馬也是如此，在楊元等人的細心飼養下，除了死了少許的幾匹外，其他的都完好無損，個個體膘肥壯的。

唐一明一個人走在葫蘆谷裏，看完兵器和戰馬後，心中不免多了一點憂慮。

「如今兵工廠兵器打造的速度還是太慢，每天日夜不停地打造，也就是一千把，可我有三萬軍隊，等到大戰的時候，只怕兵器還不夠每個士兵裝配的。軍師也不知道有什麼妙計，竟然跟我賣關子。」唐一明邊走邊想道。

轉完葫蘆谷後，唐一明準備上山，一陣急促的馬蹄聲從背後傳來。

「關二牛？他怎麼會如此慌張？難不成出什麼重大的事了？」唐一明轉過身，看到騎在馬背上的關二牛，自言自語地道。

關二牛策馬來到唐一明面前，跳下馬背，喘了口氣道：「主公，燕狗的大軍已經有動向了。」

「哦，快說給我聽。」唐一明急忙問道。

關二牛道：「燕狗的大將軍慕容恪親自帶領十五萬大軍殺奔青州而來，估計明天就到。另外，燕狗另外派出了三支軍隊，分別由左將軍慕容軍、右將軍慕容德和後將軍慕容慶統領，三支軍隊各領軍五萬，分兵三路攻打中原各地。」

唐一明眉頭緊皺起來，「二牛，辛苦你了，麻煩你再去打探消息，緊盯著慕容恪的軍隊。」

「主公放心，屬下定當密切監視慕容恪的動向，一有消息，定當前來稟報。」關二牛敬禮回道。

唐一明體貼地說道：「你不用那麼辛苦，你可以讓手下前來稟報，不必如此往來，累壞了身子那就是一大損失了。」

關二牛拍拍胸脯，嘿嘿笑道：「主公放心，我壯得跟頭牛一樣，才不怕累呢。」

唐一明朝關二牛揮了揮手，道：「好了，去吧，一切小心。」

「主公，屬下告辭了！」

關二牛翻身上馬，調轉馬頭，大喝一聲便狂奔而出。

唐一明自語道：「沒想到慕容恪來得如此迅速，如此一來，我就少了一天的時間備戰了。慕容恪，你我之間的戰爭，就要拉開序幕了。」

泰山，將軍府。

「這慕容恪來得好快啊。」

王猛雙目如炬，緊緊地盯著攤開在他和唐一明中間的地圖，說道。

「軍師，燕軍來勢洶洶，頗有席捲青州大地之勢啊，不知道燕軍會在哪裡駐紮？」唐一明問道。

王猛伸手指了指地圖上的一座城池，緩緩說道：「燕軍此來有兩個目的，一是搶奪玉璽，二是攻打青州。此次燕軍大舉而來，必然會先攻下這座城池，以求立足。」

唐一明看了一眼王猛所指的城池，吃驚地道：「濟南城？」

王猛點點頭道：「主公，燕軍到來的消息，齊王段龕是絕不會不知道的，據近日的探馬來報，段龕已經開始收縮兵力，將青州東部和南部的兵力全部調集到廣固，原來設防在黃河沿岸的軍隊也開始調回，這說明段龕準備集中兵力和燕軍展開決戰。但是，燕軍未必就肯跟段龕決戰，迫於燕王的壓力，慕容恪的第一個目的就是搶奪玉璽，依照我對慕容恪這些年用兵的習慣來看，他必然會先攻下濟南城作為根基，然後不打段龕，反過來先來搶奪玉璽。」

「嗯，軍師，你分析得不錯。這個慕容恪確實是個人才，也是首屈一指的大將。我知道他是個傑出的政治家、軍事家，還知道他是整個鮮卑慕容氏裏最出色的一輩。」唐一明道。

王猛道：「主公，你說得不錯。看來主公對敵人十分瞭解，既然如此，那這仗就更好打了。」

「不不不，我知道的只是皮毛。要說瞭解，軍師應該比我更瞭解吧？」唐一明道。

王猛點點頭道：「屬下客居在冀州的時候，就曾聽聞過慕容恪的事蹟，在他十幾歲的時候，就曾以兩千騎兵痛擊石趙的十萬大軍，從此一戰成名；從那以後，我就將他做為我的對手，時刻關注著他的一切。」

唐一明聽了，呵呵笑道：「知彼知己，方能百戰不殆。軍師如此瞭解他，看來這次一戰，不僅能打出我們軍隊的威風，還能將軍師的名聲遠播到胡人的耳中，真是一舉兩得啊。」

「不！是一舉三得。」王猛道。

唐一明好奇地道：「哪三得？」

「其一，讓胡人知道我們漢軍；其二，我的威名再怎麼響亮，也不及主公的威名，定然會使燕軍、齊軍，以及南方的晉軍知道主公；其三嘛，當然是用玉璽換取糧食了，以戰養戰，逐漸壯大我軍的實力。」王猛侃侃而談。

唐一明聽王猛說的這三得，字字珠璣，也十分自信，頗有一番泰山崩於面前而不改色的神情，似乎早已將那十五萬燕軍視為草芥。他不禁對王猛的那種自信頗為佩服，但是慕容恪也絕非泛泛之輩，這仗打起來就要困難了。

他對慕容恪是很尊敬的，不僅僅是因為慕容恪征戰多年，屢勝無敗。若僅此而已，他不過是亂世的一位本領出眾的武將，事實上，慕容恪更折服人心的，是他表現出的品性。當時他大權在握，才華遠在皇帝慕容儁之上，卻仍然能盡心盡責地輔佐自己的二哥；就算是對朝中的同僚，也都謙遜相待。這才是慕容恪人格魅力，也是唐一明最為佩服的地方。

「慕容氏各個都是英雄好漢，為什麼咱們漢人就沒有那樣的人才呢？」唐一明大嘆道。

「好個英雄好漢，主公，你真是一語道破天機啊。慕容氏的強大，就在於一代一代層出不窮的傑出人才，而我軍現在最缺少的就是人才。主公，屬下建議，等大戰結束後就廣招天下人才，不一定非要士族門閥，主公應當不拘一格選用人才，但凡有一技之長的人，都可以招攬來，一起為主公出力抵抗胡人，還我大漢江山！」王猛振奮不已地道。

唐一明聽了王猛的話，心中熱血也開始澎湃起來，彷彿已經看到未來那個人才濟濟彙聚一堂的場面，也彷彿看到自己驅逐了胡人，建立盛世天下的情形。

「軍師，你真是說到我的心坎裏了，只是大戰在即，不知道軍師到底有什麼可以擊敗燕軍的辦法？」唐一明忍不住問道。

王猛回道：「主公，泰山渾然天成，我們可以在入山道路上正面迎擊燕軍，只要我們堅守住，讓燕軍吃到苦果，就能迫使燕軍和我軍交換玉璽。」

「好，那我現在就去佈置，等候燕軍前來攻擊。」

濟南城中戰火紛飛，堅守城池的齊軍士兵不敵燕軍，在燕軍的幾番強攻後被迫退出城池，逃回了廣固。濟南城外一片狼藉，地上屍體更是堆積如山。

燕軍士兵穿著清一色的黑色戰甲，騎在矯健的戰馬上，踏著齊軍士兵的屍體，浩浩蕩蕩地開進了濟南城。

在濟南西城門口，一個戴著銀色猙獰面具的人騎在馬背上，他頭上戴著一頂銀白色的頭盔，身上穿著短袖胡服，在胡服的外面披著一層薄薄的戰甲，背後還繫著一個藍色的披風，威風凜凜地勒馬在城門口，目光中透著無比的犀利。

這個騎士如此打扮，在清一色黑色戰甲形成的海洋中，猶如一葉扁舟。但是，就是他這葉扁舟，卻主宰著大燕國逐漸的昌盛。也可以這麼說，如果大燕國沒有這個人，估計現在也不會發展得那麼快。這個騎士不是別人，正是燕國的大將軍慕容恪。

慕容恪上陣殺敵時，總喜歡戴著那副銀色的猙獰面具，因為他的相貌過於俊美，不足以威懾敵人，故而戴著面具，將自己的美貌藏在面具後面，而將猙獰展現在敵人面前。

他的身邊沒有一個護衛，或許說，他根本不需要護衛，他的武力除了低於他的五弟慕容霸之外，任何可疑的人，還沒有等到他們靠近，就會先死在他的弓箭下。

慕容恪騎的是一匹白馬，這匹戰馬全身上下找不出一根其他顏色的雜毛，是匹上等的好馬。馬項上懸掛著一張朱漆大弓，那張大弓比一般士兵手中握著的弓箭要大出許多。如果說普通的弓能射出百步之遠，那他的這張大弓便能射出兩百步遠，是一般弓射出箭矢的兩倍距離。

射程如此遠的朱漆大弓，必然要有過人的膂力方能拉開。慕容恪自幼便騎馬射箭，箭術的高超在整個大燕國裏都是首屈一指的，朱漆大弓的邊上還繫著一根全身銀色的長槍，那是他的近戰武器。

燕軍的大部隊陸續進入到濟南城裏，慕容恪的雙眼則緊緊地盯著濟南城南不遠的泰山方向，自語道：「傳國玉璽，明天你就會成為我大燕的囊中之物。」

說完這句話後，慕容恪便掉轉馬頭，輕喝一聲，驅馬進了濟南城。

濟南城的太守府裏，皇甫真已經令手下士兵將太守府裏裏外外都打掃了一遍，專門迎接著慕容恪的到來。

大廳裏，皇甫真身邊還站著一個人，那人四十多歲，身上穿著一件淡藍色的短衫，腰裏繫著一根玉帶，腳上則是一雙布靴。他的面目清秀，身體瘦弱，臉上泛黃，看上去像是大病初癒之人。

這個清秀的男人，便是慕容恪的參軍，姓陽，名鶩，字士秋。陽鶩是大燕國的智謀之士，已經輔佐了燕國兩代大王，燕國能平定遼東佔據幽州，三分之一的功勞都在陽鶩身上，由此可見其人的謀略之高。

「楚季，玄恭還沒有來嗎？」陽鶩輕聲地咳嗽了兩下，用一種虛弱的聲音問道。

楚季是皇甫真的字，玄恭是慕容恪的字，陽鶩在燕國的軍隊中算是德高望重之人了。他本是漢人，他的父親陽耽在慕容恪的祖父時歸順了遼東慕容氏，從此便定居遼東。

陽家也是世代輔佐慕容氏。陽鶩雖然為參軍，其名位官職又在慕容恪之下，但是慕容恪尊敬他是長輩，所以陽鶩才會直呼慕容恪的字。

皇甫真不過二十七八歲，聽到陽鶩問話，當即答道：「陽老，大將軍就在城外視察部隊，不一會兒便會到。陽老要是累了，可先坐在椅子上等候一二，末將這就親自去請大將軍回來。」

「不必了，玄恭視察完部隊後，自然會回來的，如果他正在視察部隊，你此時去了也是無濟於事，倒不如陪老夫在此等候他歸來。」陽鶩低聲說道。

「哈哈哈！還是陽老瞭解我啊，讓陽老久等了，玄恭真是過意不去啊。楚季，還不趕快給陽老看座。」從大廳外傳來一個高亢的聲音。

慕容恪伸出一隻手，取下臉上所戴著的面具，滿臉笑容地從大廳外面走了進來。

皇甫真抬起一張椅子，快步地走到陽鶩的身後，將椅子端正地放在陽鶩身下，恭敬地說道：「陽老，請坐。」

「玄恭，探馬來報，齊軍新敗，已經全線龜縮，退守廣固一線，你果然沒有猜錯，段龕果真是個無能之輩。」陽鶩一落座，便輕聲說道。

慕容恪解釋道：「看來段龕是想和我們決戰了，不過，如此一來，我軍倒是省去了些許時間，只要一舉攻下廣固，殲滅段龕的主力，青州的其他地方就會聞風而降。」

「你說得不錯，不過，段龕的二弟段羆不得不防，他可是個能征善戰的人，要想擊敗段龕，必須先除去此人。」陽騖咳嗽了兩聲，淡淡說道。

慕容恪聽見陽騖咳嗽起來，急忙走到陽騖身邊，目光中透著幾許關懷，問道：「陽老，你的病還沒有好嗎？」

陽騖搖搖頭，輕嘆了一口氣，道：「老了，不中用了，看著你們這些年輕的後生如此活躍，老夫想起了當年的我來，如今我是年邁體衰，體弱多病，看來也沒有幾年活頭了。我唯一的願望，就是希望自己能夠在有生之年看到大燕一統天下。」

「陽老，你放心，會有那麼一天的。」慕容恪眼中露出無比的自信。

一會兒，從門外走進一個士兵，朗聲道：「啟稟大將軍，鎮北將軍來了！」

「哦？道明（慕容霸字道明）不是在鎮守常山嗎？怎麼會來到這

裏？」陽鶩好奇地問道。

慕容恪的目光中閃過一絲光芒，道：「看來大王又把道明的兵權給削奪了。」

陽鶩和皇甫真聽了，都同時嘆了一聲氣。

慕容恪將面具重新戴在臉上，徑直朝門外走去。皇甫真和陽鶩見慕容恪走出大廳，知道他是去迎接慕容霸，便跟了過去。

三個人剛走出太守府大門，便聽見一陣雜亂的馬蹄聲。接著，東側大道上出現翩翩數騎，領頭之人身材高大魁梧，身穿上好的鎧甲，頭戴鋼盔，手中握著一桿方天畫戟。

「哈哈！來得好！玄恭啊，道明此來真是及時，正好可以助你一臂之力。」陽鶩看到領頭的騎士，大笑著對慕容恪道。

領頭的騎士，正是慕容恪的五弟，鎮北將軍慕容霸。

慕容霸騎著快馬來到太守府門前，勒住馬韁，從馬背上跳下，將手中方天畫戟隨手拋給兩名士兵，臉上現出無比的喜悅之情。

「哈哈！四哥，你可想死我了！」慕容霸向前一把將慕容恪抱在懷裏說道。

慕容恪伸出手拍了拍慕容霸的背，呵呵笑道：「五弟，你也把我給想死了。」

慕容霸的身高要比慕容恪高出半個頭，加上慕容霸的胳膊又很長，當即攬住慕容恪的肩膀，看到慕容恪的臉上還戴著那副猙獰醜陋的面具，便道：「四哥，你老是戴著這鬼面具幹什麼？快取下來，難看死了！」

慕容恪不以為意地道：「我已經習慣了。」

慕容霸鬆開慕容恪的肩膀，向慕容恪拜了拜，道：「大將軍，大王有密信給你。」

慕容恪急忙說道：「快呈上來。」

慕容霸從懷中掏出一塊黃布，遞給慕容恪。

慕容恪接過黃布正準備打開來看，卻聽陽騖說道：「大將軍，此處人多口雜，請到府內觀看！」

慕容恪點點頭，便向太守府裏走去。

慕容霸扭過臉，衝一個騎著紅馬的瘦弱士兵喊道：「靈秀，快下馬，隨我進來。」

那個騎著紅色戰馬的士兵正是女扮男裝的慕容靈秀，她自從被唐一明俘虜了去，然後用她做人質交換過糧食後，性格便有所改變，再也沒有以前那種不可一世的囂張氣息，卻平添了幾分女人味。

慕容靈秀得知慕容霸要到中原來，便百般的請求，慕容霸這才答應。不過，一路上帶著一個女人終究不太方便，慕容霸便讓慕容靈秀假扮成一個普通的士兵，隨他而來。

慕容靈秀跳下戰馬，走到慕容霸身邊，拉了一下慕容霸的衣角略微擔憂地問：「五哥，四哥如果知道我來這裏，會把我送回去嗎？」

慕容霸搖頭說道：「不會，你別忘了，你座下的那匹千里馬，就是四哥送給你的。四哥疼你都來不及呢，今天見到你，肯定會高興得一塌糊塗。」

「五哥，我……我害怕。」慕容靈秀擔心地道。

慕容霸不以為意地道：「有什麼可怕的，四哥又不是吃人的妖怪？你放心，我既然敢帶你來，就不會讓四哥把你趕回去。不過，你要聽話，千萬不能像上次一樣了，上次要不是你不聽我的將令，又怎麼會……」

「好！五哥，我知道了。我這一路上不都是很聽你的話嘛！」慕容靈秀不服氣地說。

「好好好，不說了，走，進去見四哥去！」

慕容霸一把拉住慕容靈秀的手，將慕容靈秀往太守府裏拉了進去。

大廳裏。

慕容恪打開黃布，仔細地看過布上所寫的文字之後，便將黃布隨手給身邊的陽騖。陽騖看完了，輕嘆了口氣，沒有說話。

「陽老，大王一心想要那塊石頭，把什麼事都給拋到腦後去了。」慕容恪淡淡地說道。

陽騖也算是老謀深算了，自然知道慕容恪口中說的那塊石頭指的就是玉璽，緩緩說道：「大王志在天下，卻又急功近利，不僅非要得到玉璽，還為我們制定了戰略方針。如果按照大王的意思，以我軍現在的實力，三五年之間確實可以統一北方，只是……玄恭啊，你的意思怎麼樣？」

「擊敗冉閔後，我就三番四次地寫信給大王，表明我的意圖。我的本意是取下中原後，便與民休息，外修兵革，內設廉政，三五年之內，我軍實力必然大增，到那時再揮師西進，滅秦、平涼，北方必然達成一統，之後，再等個三五年方可與晉朝決戰，可是大王拒而不納。陽老，你說我該怎麼辦？」慕容恪悵然說道。

陽鶩重重地嘆了口氣。

第六章

帝國驕雄

灰塵中，一支統一穿著黑色戰甲的軍隊正不斷地湧現。
馬上的騎士各個面目猙獰，露出凶狠的面容。
領頭的是一個身穿銀甲，頭戴銀盔，面戴銀色面具的人，
這人正是這支黑色大軍的統帥，燕國的大將軍，慕容恪。

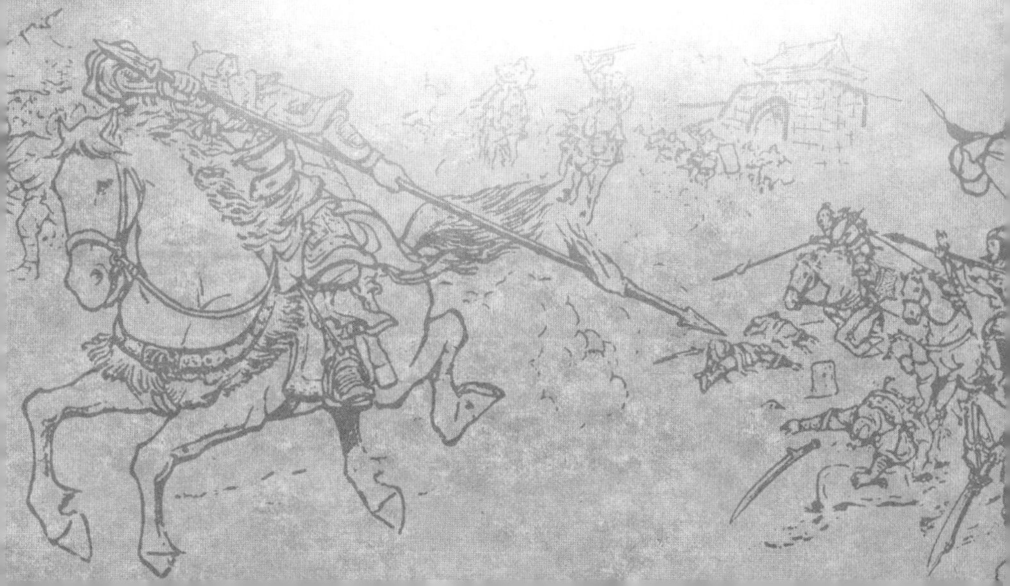

慕容霸拉著慕容靈秀走進大廳，聽見陽鶩的嘆氣聲，便問：

「陽老，你為何嘆氣？」

陽鶩看了眼慕容恪，見慕容恪輕輕地點了下頭，便將手中的黃布遞給慕容霸，道：「大王密信，你看完後，一切都明白了。」

慕容霸接過黃布，迅速地掃視一遍，失聲驚呼道：「大王……大王這不是自取滅亡之道嗎？」

慕容恪眼裏爆射出凌厲的目光，吼道：「道明！你竟敢出此大逆不道之言？論罪當誅！」

慕容霸知道自己口誤，急忙跪在地上，告饒道：「末將一時之失，還望大將軍恕罪！」

陽鶩在一旁勸道：「玄恭，道明只是一時口誤，此乃無心之失，何況大王這信……唉！」

「你是我大燕國的棟梁，我無論如何也不許你口出如此大逆不道的話來！」慕容恪厲聲說道。

慕容靈秀不知道黃布上寫了什麼，但是見到場面氣氛緊張，撲通一聲跪在地上，道：「四哥，五哥是一時口快，無心之失，你就別生氣了，饒了五哥吧。」

慕容恪是氣慕容霸身為皇族，卻說出那樣的話來，他也知道慕容霸和慕容俊之間的糾結，如果不是他在中間周旋，慕容俊早已經將慕容霸殺了。

此時，慕容恪看到慕容靈秀跪在地上，倒是出乎了他的意料，因為有心事，所以完全沒有發現女扮男裝的慕容靈秀。

慕容恪深吸了口氣，無奈嘆道：「道明，靈秀，你們兩個都起來吧。」

陽騖聽到慕容恪的話，當即說道：「快起來吧。」

慕容霸和慕容靈秀站了起來，齊聲說道：「謝過大將軍。」

慕容恪走到慕容靈秀身邊，伸出手，輕輕撣掉慕容靈秀肩上的一絲灰塵，笑著問道：「靈秀，你怎麼會來這裏的？我送你的那匹火風，你還喜歡嗎？」

慕容靈秀見慕容恪轉怒為喜，當即一把挽住慕容恪的胳膊，女兒家的性子立時表露無遺，撒嬌笑道：「四哥，火風日行千里，夜行八百，確實是天下難得的一匹良駒，只是四哥為何不騎，卻要送給我？」

「呵呵，四哥騎慣了慢馬，猛然間騎上那麼快的戰馬，有點不適應。四哥知道你一直想要一匹千里馬，便特意將此馬送給你。」慕容恪道。

慕容靈秀嘻嘻笑道：「我就知道四哥對我最好了。」

慕容恪接著道：「道明，把大王的信燒掉吧，剛才的事就過去了，以後誰也不許再提。」

慕容霸面帶難色，道：「大將軍，那你準備怎麼辦？」

「先奪玉璽，然後佔據中原，轉而西進，攻打秦國；等滅秦之後，再平定涼國，統一北方。」慕容恪道。

「玄恭，你準備照大王的戰略方針來走？」陽騖問道。

「大將軍……四哥，你真的準備按照大王的路線走？」慕容霸也緊張地問。

慕容恪的臉上沒有一絲表情，輕輕地點了點頭，冷冷說道：「大王終究是大王，我既是他的弟弟，也是他的臣子，理應忠心輔佐他。大王制定的戰略方針，也是我的戰略方針，雖然要比我的方針提前幾年，可我又能怎麼辦？難不成你們讓我違抗大王的旨意嗎？抗旨不遵，是燕國第一大罪，論罪當斬，如今，我也只能走一步算一步了。我會在進軍的途中不停地敦促大王，希望能在統一北方後，大王能夠接受我的建議，休養生息，而非急著與晉朝決戰！」

「我已經被罷免了兵權，現在大王又讓四哥照他的戰略方陣走，真不知道表面強大的燕國還能撐到什麼時候！四哥忠心為主，我極為佩服，只是大王罷免我也就罷了，為何還要如此逼迫四哥？不接旨就是抗命，接旨的話，就意味著大燕國岌岌可危，二哥啊，如果燕國真的因為你而亡，你就是我們大燕的千古罪人！」慕容霸心裏想道。

一時間，大廳裏陷入一片寂靜。

陽鶩見大廳裏異常寂靜，便輕咳了幾下，對慕容恪說道：「玄恭啊，既然道明來了，你們兄弟二人應該多聚聚才是，我已經令楚季設下酒宴，一會兒就一起去吧。」

慕容恪點點頭，道：「好吧，道明、靈秀，你們遠道而來，先去休息吧，一會兒我派人去叫你們。」

慕容霸、慕容靈秀走出大廳，陽鶩看到兩人遠去的背影，走到慕容恪身邊，輕聲道：「玄恭，大王罷免了道明的兵權，又派他來送信，是不是意味著將道明暫時放在你的軍中聽用？」

慕容恪緩緩道：「陽老，我們兄弟五個人中，以道明最有君王之才，當年的世子之爭，已經弄得二哥和五弟水火不容了，自從二哥登上王位後，一直在提防著五弟，就連我，他也不是很放心。二哥實在疑心病太重，幾次三番想殺五弟，若不是我從中周旋，只怕五弟早已經命喪黃泉了。」

陽鶩輔佐了兩代燕王，這些事他自然知道，他又是國之重臣，與慕容恪相交甚厚，是以慕容恪在陽鶩面前什麼話都坦言相告，從不相瞞。

陽鶩聽完慕容恪的話，說道：「玄恭啊，我知道你為什麼遵照大王的意思了，你是想借此機會以活道明之命啊。」

「陽老洞察秋毫，玄恭佩服得五體投地，如果我遵照大王的意思，才能有能力保護道明，加上道明勇猛過人，智計無雙，西進的路上，必定會成為我軍的開路先鋒，國家正值用人之際，大王也不好再找道明麻煩了。」慕容恪說道。

陽鶩道：「玄恭，玉璽之事，你準備怎麼做？」

慕容恪道：「敵我不明，須先派出斥候偵探一番。道明的才華不亞於我，一會兒酒宴上正好可以商量商量。有道明在，我兄弟聯手，還有什麼克服不了的！」

到了酒宴的時候，慕容恪、慕容霸、慕容靈秀、陽鶩、皇甫真一一落座。

慕容恪端起酒杯，高聲道：「這杯酒是為弟弟、妹妹接風的。來，大家一起來滿飲此杯。」

在座的幾個人同時端起酒杯，一飲而盡。

「四哥，我來的路上，聽說玉璽在泰山，這事是不是真的？」慕容霸喝完酒，便急忙問道。

慕容恪點點頭，緩緩說道：「據報，戴施逃竄到濟南附近，我軍追擊的部隊因為孤軍深入，濟南又有段龕的駐軍，兩軍發生了一場戰鬥，戴施在混亂中被人救走，現在就在泰山。」

「泰山？難不成是一些山賊盜匪？」慕容霸問道。

慕容恪道：「如果真是山賊盜匪那就好了，我也不用費心了，泰山上的那夥人都是冉魏遺臣，他們的首領好像是冉魏的車騎將軍，叫唐一明。」

「唐一明？」慕容霸和慕容靈秀同時疾呼道。

慕容恪看到慕容霸和慕容靈秀臉上吃驚的表情，不禁道：「怎麼？五弟和小妹認識他？」

慕容靈秀恨恨地說道：「真沒想到居然會在這裏碰上他！這次我要是不殺了他，難解我心頭之恨！」

「究竟發生了什麼事？」慕容恪見慕容靈秀一副咬牙切齒地模樣，不禁問道。

慕容霸沒有說話，接連倒了三杯酒都一飲而盡。

「四哥，你就別問了，明日你給我一萬軍隊，我要去泰山親手宰了那個渾蛋！」慕容靈秀道。

慕容霸放下酒杯，雙目中爆出濃濃的殺意，道：「四哥，你有所不知，這個叫唐一明的人，曾經俘虜了靈秀，並憑藉手下的幾百殘兵，三番四次地擊敗我大燕的追兵，從廉台戰場一路逃到黃河邊，然後渡過黃河；這姓唐的很不好對付，詭計多端，狡猾多變，我征戰沙場多年，還是第一次遇到這樣的人。」

慕容恪聽慕容霸如此說，不禁對唐一明暗暗起了好奇之心，說道：「哦？沒想到漢人還有如此人物！自從我率領軍隊進入中原以來，除了冉閔之外，其餘的人我一概沒有放在眼裏。冉閔雖然勇猛無匹，但是缺少智謀，終究被我打敗，五弟當初連冉閔都沒有放在眼裏，今日卻對唐一明如此敬畏，看來這個唐一明果然是個不簡單的人物。」

慕容靈秀大罵道：「呸！他就是一個無賴，一個渾蛋！四哥，明日你借給我一萬軍隊，我一定要到泰山親手宰了那個渾蛋。」

「靈秀，不可造次！無賴也好，渾蛋也罷，他既然有能力以區區幾百士兵俘虜你，就說明他很有本事，不僅如此，他在渡過黃河後，竟能在段龕的眼皮底下佔據泰山，還以兩三千的兵力抵擋住段龕幾萬人的進攻，足以說明此人不是一般人物，萬萬不可小覷。楚季，我讓你派出的斥候，可有什麼回報？」慕容恪道。

皇甫真回道：「據探馬來報，唐一明已經在泰山全員戒備，嚴加佈防了。」

「哦？他們有多少兵馬？」慕容恪問。

皇甫真抱拳道：「斥候回報，大概有三萬人。」

「這個渾蛋，短短兩個月沒有見，怎麼會弄了那麼多軍隊？」慕容靈秀聽了，自言自語地說道。

皇甫真接著說道：「泰山上一共有三十多萬百姓，軍隊數量似乎就幾千人，不過半個多月前，聽說唐一明的軍隊不費一兵一卒便收服了泰山南邊幾個郡縣的塢堡，還得了大批的百姓、錢財、糧草和士兵，現在預估應該有部隊七八千人。」

「四哥，你給我一支兵馬，我親自去會會他，當初他手中有靈秀作人質，我不敢緊逼，現在他手中沒有可以要脅我的東西了，我正好將他連同玉璽一起擒來，獻到四哥帳下！」慕容霸猛然站起身子道。

「不！我自己去！」慕容恪仍是淡淡地道。

「玄恭，既然唐一明是個人才，不如先派人去招降他，讓他獻出玉璽；如果他肯降的話，我們也不必大動干戈，如果他不肯降，再派兵攻打不遲。」陽騖在一旁建言道。

慕容恪思索道：「陽老，我明白你的意思，大燕現在正是用人之計，我自然會先禮後兵。不過，兵貴神速，今日我便帶兵出征，他若不降，也不用給他準備的時間，乘勢攻取下來就是了。」

「四哥，你不用費那個心了，這姓唐的是絕對不會投降的。」慕容霸恨恨地道。

慕容恪道：「不管他投降不投降，我們都要將其攻下，明日你們都隨我一起出征，陽老守城。」

「諾！」

泰山上瀰漫著一種緊張備戰的氣氛，兵工廠加快了打造兵器的速度，百姓們辛勤地勞作，士兵們刻苦地訓練。燕軍或許馬上就到，又或許是明天兵臨城下，但這已經不重要了，重要的是，泰山上的軍民已經擰成了一股繩。

黃昏時分，忙碌了一天的軍民停了下來，泰山上一片安靜，沉浸在落日的餘暉當中，顯得恬靜又安詳。

將軍府裏，唐一明會聚了團長以上的所有軍官，正在為即將到來的大戰做著最後的準備。

農曆七月十二。

這天的天氣一如往常的熱，太陽散發著強烈的光芒，照射在大地上。

天地間沒有一絲的風，濟南城外，道路兩邊的樹一動不動，如同死了一般。

大地被驕陽照得出現了或多或少的龜裂，斑駁的土地上奔馳著一群快馬，所過之處立即揚起一陣漫天的灰塵。

灰塵中，一支統一穿著黑色戰甲的軍隊正不斷地湧現。馬上的騎士各個面目猙獰，露出凶狠的面容。

領頭的是一個身穿銀甲，頭戴銀盔，面戴銀色面具的人，魁梧的身材在馬背上盡現。這人正是這支黑色大軍的統帥，燕國的大將軍，慕容恪。

慕容恪的左右跟著兩匹快馬，一匹是一瀑如洗的黑色駿馬，一匹是火紅如同朝陽的戰馬。兩匹馬的背上各馱著一名騎士，一個身材高大、虎背熊腰，一個身材瘦小、纖臂腰細，兩個騎士形成了鮮明的對比。唯一相同的是，他們擁有同樣的姓氏——慕容。

這兩個人一個是慕容霸，另一個則是慕容靈秀。兩人緊緊地跟在慕容恪的身旁。

慕容恪此次出征，帶了五萬軍隊，兩萬騎兵，三萬步兵，頗有一番要剿滅唐一明的姿態。他留下陽騖和皇甫真鎮守濟南城，親自帶著慕容霸、慕容靈秀前來爭奪玉璽。

行進途中，慕容靈秀突然扭過臉，對身旁並排騎著馬的慕容霸說道：「五哥，今天你一定要幫我殺了唐一明，以解我心頭之恨。」

「靈秀，此一時彼一時，當初他只有幾百殘兵，現在他有幾萬部隊，又佔據泰山，急切間不易攻下；不過你放心，只要有機會，我就將他抓住，親手交到你面前，讓你手刃他一解心中之恨，如何？」慕容霸道。

慕容靈秀的臉上洋溢起一絲喜悅，高興地說道：「嗯，五哥，這次他手中沒有東西可以要脅我們，你可千萬別再放跑他了。」

「不！他有！」慕容恪在前面聽了道。

「什麼東西？」慕容靈秀問。

慕容恪眉頭緊鎖，雙眼緊盯著地上騰起的熱浪。他的額頭上掛滿了汗水，正順著臉頰朝下滴淌。只是這一切均被他的面具所遮擋，沒有任何人發現。

面具看起來很醜陋，也很猙獰，如果他戴著面具在夜裏出現，定然會被人誤以為是什麼妖魔鬼怪。

面具將他的整張臉都遮住了，讓人看不清他的面貌。在面具下面，隱藏著一張俊朗的面容，那雙炯炯有神的眸子，時常會發出攝人心魄的光芒，足以令看到的人都害怕不已。

慕容霸輕嘆了一口氣，對慕容靈秀說道：「靈秀，四哥說的應該就是傳國玉璽。」

「傳國玉璽？我們不是來搶玉璽的嗎？它遲早是我們的囊中之

物，有什麼好擔心的？」慕容靈秀不解地道。

慕容霸看了眼慕容恪的背影，緩緩說道：「靈秀，你可別忘了，大王只給我們七天的時間，如今已經過去幾天了，明日一早要是不把玉璽送到鄴城，只怕四哥會因為違抗王命而受到處罰！」

慕容靈秀聽了，不平地道：「二哥？不就是一個玉璽嗎？難道還趕不上他們兄弟之情嗎？」

「兄弟？他從小就沒有把我們當兄弟看待。」慕容霸冷冷說道。

慕容靈秀聽慕容霸的話夾著些許恨意和無奈，才想起來她的五個哥哥雖然都是父親的兒子，卻有著不同的母親。慕容靈秀的大哥、三哥是同一個母親，四哥五哥是同一個母親，而她和當今的燕王是同一個母親；因為慕容靈秀是女兒身，又是最小的一個，所以燕王慕容儁一直很疼愛她。

慕容靈秀還沒有出生時，慕容儁便和慕容霸因為爭奪過世子之位而不合，最後慕容儁被封為世子，並且繼承了燕王之位，她那時候才剛剛出生，所以對於幾個哥哥之間的矛盾並不是十分清楚。

慕容靈秀不便多說什麼。伸出手擦了擦額頭上的汗水，忍不住叫嚷：「熱死了！這鬼天氣，怎麼一大早就那麼熱，還讓不讓人活了？老天爺，刮點風，下場雨吧！」

天氣正如慕容靈秀說的那樣熱，太陽持續地散發著高溫，沒有一點颳風下雨的味道。

慕容霸早已汗流浹背了，他穿著厚厚的盔甲，如同置身於火爐裏燒烤一樣；只是他早已習慣了這種軍旅生活，也耐得住如此的炎熱。

「四哥，有兩個月沒見下雨了，今年的天氣為什麼會這麼反常啊？」慕容靈秀埋怨道。

今年的天氣確實很怪，就在燕王慕容俊處斬冉閔後，燕國境內一時大旱、蝗災四起，而處斬冉閔的那座山上，周圍七里的草木盡皆枯萎。

鮮卑人迷信又懼崇勇武之人，認為冉閔死後為神，慕容俊就趕忙追謚冉閔為悼武天王，立廟祭祀。

神奇的是，就在慕容俊追謚冉閔的那一天，一股英雄之氣直沖入雲霄，化成一場大雪飄落於天地間。

這件事傳遍燕軍每個士兵的耳朵裏，他們對冉閔是又敬又畏，所有的燕軍士兵都以為這種怪事只會發生在燕國境內，令他們意外的是，踏入中原，天氣竟然比在河北還要熱，大家都認為是冉閔的鬼魂作祟，所以彼此心照不宣，避而不談。

此時，慕容靈秀突然問起，慕容恪雖然聽到了，卻沒有回答。慕容靈秀見慕容恪沒有理會她，也不再多問，只管騎在馬背上，享受著快馬奔馳所帶來的絲絲微風。

慕容恪帶著部隊行走了四十多里，遙遙看見一匹快馬迎面駛來，那是他派出去的哨探。慕容恪止住部隊，停在路邊，等候著那名斥候。

斥候騎到慕容恪身前，勒住馬匹，回報道：「大將軍，在泰山外十里發現數百敵人，打著『漢』的旗號，領頭的就是賊首唐一明，不知道有什麼陰謀。」

「其他地方可有埋伏？」慕容恪問。

「末將已經打探清楚，方圓十里內，除了那數百騎兵外，再無任何部隊埋伏。」斥候道。

慕容恪擺了擺手，下令道：「擴大範圍繼續搜，一有消息，立刻回報！」

斥候得令而去，慕容恪看了看天空，又看看身後的騎兵，見他們的臉上和衣衫都已經被汗水浸濕，便喊道：「傳令下去，大軍原地休息！」

慕容靈秀聽了，急道：「四哥，剛才斥候不是說了嗎，唐一明就在前面，為什麼不一擁而上抓住唐一明，反而停下來了？」

慕容恪取下臉上罩著的面具，翻身下馬，面無表情地說道：「我們已經急行了四十多里，步兵遠遠在後，沒有跟上來，大家也已經熱得不行，不如先休息一下，等步兵跟上來了我們再向前不遲。一會兒要大戰了，必須先保存一下體力。」

慕容靈秀聽了，沒再說什麼，便也下了馬，徑直走到路邊的一棵樹下，用手扇著風乘涼休息。

泰山北側的十里坡，稀稀疏疏散落著些大樹，大樹的樹葉還算茂盛，遮擋著炎炎的烈日，樹蔭下面，有一彪軍馬駐守著，為首的人便是唐一明。

唐一明身邊是陶豹，身後是二百多個重騎兵營的弟兄。他們都穿著統一的軍裝，沒有披甲，只拿著兵器和盾牌。

戰馬低著頭啃著地上即將枯死的草，吃得津津有味，士兵們則手裏拿著水袋，大口大口地喝著水，有的還把水倒在頭上，好驅除酷暑的肆虐。

唐一明舔了一下乾得快要裂開的嘴唇，面朝北，望著荒野中可能隨時出現的燕軍士兵。

「主公，喝點水吧。」陶豹將水袋遞給唐一明，道。

唐一明接過水袋，咕咚喝了幾口，立刻感到喉嚨裏滋潤了許多。他轉過頭，看了一眼被五花大綁的戴施，見戴施的目光中充滿了期待，便對陶豹說：「讓他也喝點水吧。」

陶豹憤憤地說：「主公，他都是快要死的人了，幹什麼要來浪費俺們的水？」

唐一明笑道：「你別忘了，他可是咱們的大恩人啊，給咱們送來了那麼大的一個寶貝，我們總不該小氣到一點水都不給他喝吧？」

陶豹十分不情願地道：「主公，俺按照你的吩咐做就是了。」

陶豹把戴施嘴裏塞住的布給拿了下來，隨即聽到戴施的叫罵聲：「唐一明！你個卑鄙小人！我就是……」

「啪！」

陶豹立即揮手打了戴施一巴掌，喝罵道：「主公的名字也是你喊的嗎？都死到臨頭了還大喊大叫，你再叫的話，俺就不把這水給你喝了。渴死你！」

「不喝就不喝，老子就是要罵，不罵老子心裏不爽，唐一明……」戴施又大罵起來。

「啪！啪！啪！」

三聲清脆的響聲過後，戴施的嘴角流出了血絲，臉上更多了五個鮮紅的手掌印。

「叫你罵！再罵俺還打你！」陶豹粗聲粗氣地說道。

「呸！」戴施朝地上吐了一口口水，眼神中充滿了恨意。

陶豹道：「好傢伙，還能吐出口水來，看來你一點都不渴嘛。也罷，省得浪費俺的水了！」

話音剛落，陶豹便又將戴施的嘴巴給堵上了，戴施發出嗚嗚的叫聲，卻說不出話來。

陶豹問道：「主公，燕狗是不是不來了？」

唐一明搖搖頭，道：「放心，燕狗不會不來的，我估計燕狗們正在路上。」

時間一分一秒地過去，大約過了半個多小時，一匹快馬飛馳而來。

馬背上的騎士滿頭大汗，遠遠地朝唐一明大喊道：「主公！主公！」

唐一明臉上露出一絲喜悅，朝騎士揮了揮手，那是他派出去的偵察兵，偵察連的連長關二牛。

關二牛大口大口地喘著氣，道：「主公，燕軍……來了兩萬……兩萬騎兵，三萬步兵，現在正在四十里外休息，用不了多久就會到了。」

「帶兵的是何人？慕容恪嗎？」唐一明問。

關二牛回道：「是，就是燕國的大將軍慕容恪。」

唐一明拍了一下關二牛的肩膀，關心地道：「辛苦了，你先休息一下，然後去一趟西邊的十里溝，告訴黃大，讓他們做好準備。」

關二牛點點頭，陶豹掏出自己的水袋，遞給關二牛，關二牛將水袋裏的水喝了個痛快。

「主公，我這就去十里溝通知黃師長。」

關二牛翻身上馬，又策馬狂奔而去，唐一明吩咐陶豹道：「召集部隊，準備迎接燕軍！」

陶豹便轉身大喊道：「集合！集合！」

樹蔭下的士兵一聽到陶豹的喊聲，當即抖擻精神，各自牽起馬匹排成隊形。

唐一明看到這些瞬間便集合完畢，排列整齊的士兵，滿意地點了點頭。他翻身上馬，手中握著鋼戟，對集合完畢的士兵說道：

「弟兄們，燕狗一會兒就要到了，咱們要把我軍的骨氣展現出來，要讓燕狗看看，咱們漢人不是好欺負的！」

「是！」士兵們異口同聲地叫了起來，也將手中的鋼戟高高舉起，展現出無比的勇氣。

陶豹提起被五花大綁的戴施，將他放在馬背上，手中的鋼戟直直地頂住他的胸口，一旦戴施有任何異動，就會立刻死在陶豹的鋼戟之下。

沒多久，唐一明和士兵遠遠地看到塵煙滾滾，遠處的大道上，一隊騎兵正邁著雄健的姿態奔來，大地似乎在顫抖，發出震耳欲聾的聲音。

轟！轟！轟！……

強烈的太陽光下，大旗搖曳著，一個扭曲的「燕」字赫然映入眾人的眼簾。大旗下，是燕軍的大隊精騎，人頭湧動，起伏有致，猙獰的面目猶如從地獄裏冒出來的一群厲鬼，伴隨著震耳欲聾的馬蹄聲，如同洪水般地壓了過來。

唐一明將手罩在額頭上向前眺望，但見一個戴著銀色猙獰面具的人快速地向前駛來，從面具的兩個孔裏，一雙透著殺意的眼睛正在炯炯有神地望著他。面具人隨著馬匹的奔跑，身體不斷地起伏，身後更有兩張既熟悉又陌生的面孔。

「怎麼會是他們？」唐一明看到銀色面具人後面的兩張面孔，自言自語地道。

燕軍在銀色面具人的帶領下，一點一點地逼近唐一明所在的地方。

五里……四里……三里！

唐一明心想，那個戴著銀色面具的人一定就是他們的統帥，只是唐一明只能看到那雙深邃的眸子，卻看不到那個人的臉龐。

「這人應該就是慕容恪了，但是他為什麼要戴著面具呢？」唐一明心中十分疑惑。

慕容恪高高地舉起手，勒住馬韁，止住身後部隊的前進，靜止在與唐一明相距三里開外的地方。

慕容靈秀老遠便看見了唐一明，指著對面人馬中的一個說道：

「四哥，那個渾蛋就是唐一明！」

慕容恪順著慕容靈秀指著的方向看去，但見一個面色黝黑、頭髮極短的漢子騎在馬上，慕容恪雙腿一夾座下戰馬的肚子，手中轠繩微微提起，那匹純白色的戰馬便向前緩緩走了幾步。

「敢問閣下可是魏國車騎將軍唐一明？」慕容恪大聲朝對面喊道。

唐一明也驅馬朝前走了一段，笑道：「正是！我就是唐一明，敢問閣下可是燕國大將軍慕容恪？」

慕容恪點點頭，道：「慕容恪見過唐將軍！」

唐一明聽到一個渾厚的聲音，便也學著慕容恪的方式，拱手道：「唐一明見過慕容將軍！」

慕容恪左手提著馬轠，右手握著長槍，雙目掃視著四周。當他的目光掃過一個被五花大綁的人時，心中怔了一下：「這不是戴施嗎？」

「唐將軍，我今天帶來五萬精銳大軍，目的很簡單，就是想要回屬於我們大燕國的東西。只要你肯歸降我大燕，並且將你身後的那員晉將連同傳國玉璽一起歸還給我大燕，本將軍保證會給你們找個安身立命之所，好好地善待漢人的百姓，如何？」慕容恪信心喊話道。

唐一明哈哈笑道：「投降嘛就免了，不過，人我可以先還給你。陶豹，放人！」

隨著唐一明一聲令下，陶豹用手中的鋼戟拍打了一下戴施座下的馬匹，那匹馬一經受力，便徑直朝著燕軍的陣地衝了過去，被燕兵給攔住。

慕容恪見唐一明放了戴施，立即對身後的士兵說道：「搜一搜戴施的身上，看看是否有傳國玉璽！」

第七章

幽靈軍團

王猛解釋道：

「慕容恪訓練了一支軍隊，經常在夜間行動進行偷襲，

加上他的連環馬陣，總是讓人防不勝防。

故而人們將這支步軍稱為幽靈軍團。」

唐一明道：

「來吧，我軍以逸待勞，就讓這些假幽靈變成真正的幽靈吧！」

幾個士兵在戴施身上好一番搜索，沒有發現任何東西。

慕容恪扭過頭，對唐一明道：「唐將軍，還少一樣東西，只要你把傳國玉璽一起歸還我大燕，我立刻撤軍，不再為難你！」

「傳國玉璽？這個東西似乎很貴重吧？聽說擁有傳國玉璽就可以稱帝了，不過我可沒有那個打算。我知道晉朝也很想要這個東西，如果我將玉璽送到晉朝，肯定會有很多賞賜。如果給燕國，你會給我什麼？」唐一明滑頭地說。

慕容恪見唐一明利用玉璽向他索要東西，心裏十分不爽，想道：「看來他是想用玉璽作為籌碼，好換取豐厚的賞金，如果能不動干戈便將玉璽拿回，那是再好不過了，只要他的要求不過分，我便答應他吧。」

「你想要什麼？」慕容恪問。

唐一明聳聳肩，道：「很簡單，我要糧食！」

「要多少？」慕容恪眉頭皺了起來，問道。

「三十萬石！」唐一明開出價碼。

「哈哈哈！我怕你這輩子都沒有見過這麼多的糧食！如果我有

三十萬石糧食，足夠將你圍困到死！」慕容恪輕蔑地道。

唐一明呵呵笑道：「慕容將軍，晉朝已經答應給我五十萬石的糧食，要我把玉璽護送到晉朝去，只不過我覺得路途太過遙遠，怕途中會出什麼差錯，所以才沒有送去，而是留給你大燕國。現在我少向你要二十萬石糧食了，三十萬石說什麼都不能少，你要是願意交換，我就把玉璽給你；要是不願意呢，那對不起，咱們只能刀兵相見了。」

慕容靈秀突然策馬奔出來，指著唐一明大罵道：「唐一明，你這個渾蛋！什麼都要換，你那麼愛換，怎麼不把自己拿來換了？告訴你，別說三十萬石，就是一石的糧食也絕不會和你換的，你趁早死了這條心吧！」

唐一明看見清秀靚麗的慕容靈秀，便無賴地道：「哎喲！這不是靈秀妹妹嗎？哪陣風把你吹來了？咱們一別有兩個月了吧，你可曾想我啊？我可是想你想得緊，天天做夢都想到你呢，你今天來這裏，是不是準備再給我俘虜一次啊？哈哈哈哈！」

慕容靈秀見唐一明嘻皮笑臉的樣子，更覺他的笑聲異常刺耳，當即拍馬而出，抖動手中的長槍直取唐一明。

兩陣之間，但見一團火紅色的戰馬飛過，那速度快得驚人，只一眨眼的工夫便躍出了燕軍的陣地。

「靈秀！回來！」慕容恪喝道。

慕容靈秀哪裡肯聽，她見到唐一明便是一肚子的火，想起當初她被俘時的事來，一心只想手刃唐一明，以解心頭之恨。

陶豹站在唐一明身側，準備策馬而出，卻被唐一明攔住：「這個小妞交給我了！」

唐一明知道慕容靈秀武藝稀鬆，他也想再擒獲慕容靈秀一次，這樣一來，那就是玉璽加郡主，雙重保險了。

唐一明「駕」的一聲大叫，手中提著鋼戟便奔了出去，直接迎著慕容靈秀而去。兩馬相交，長槍和鋼戟相撞，發出一聲金屬碰撞的清脆響聲。

燕軍陣前，慕容霸已經拉開一張大弓，箭在弦上，瞄準了幾百米開外的唐一明，一旦他靠近射程，便準備放出箭矢，射殺唐一明。

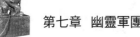

唐一明目光如炬，早已看見慕容霸滿弓待射，沒等馬匹向前奔出，便強行拉住韁繩，以免闖進慕容霸的射程範圍內。隨後他調轉馬頭，用輕蔑的眼光看了看慕容霸，嘴上大罵「無恥」，衝向與他相向而來的慕容靈秀。

唐一明緊握手中鋼戟，將臂力全部貫注在鋼戟上，猛衝了過去。

「錚！」

兩馬相交，一聲清脆的碰撞聲響徹了原野。

交手雙方瞬間出現不同的表情，一個驚愕，一個高興。

驚愕的是慕容靈秀，她在與唐一明兵器碰撞的時候，因為承受不住唐一明施壓過來的力道，雙手虎口被震得微微發麻，手中長槍脫手而出。

高興的自然是唐一明，他擊落了慕容靈秀手中的兵器，心中歡喜不已。

「退下！」

燕軍陣中，早已虎視眈眈的慕容霸丟棄了手中的弓箭，持著他的一桿方天畫戟便衝了出來，在經過慕容靈秀時，大吼了一聲。

「主公小心！」

陶豹遠遠見敵陣中一員戰將策馬飛出，而唐一明尚沉浸在喜悅當中，對於身後的事還一點兒都不知情，立即大叫拍馬飛出。

唐一明聽到陶豹一聲大喊，回過頭，看到慕容霸威風凜凜地衝來，那種氣勢彷彿已經將自己看成了一具死屍。

他剛反應過來，便見陶豹從身邊掠過，同時聽到陶豹喊道：

「主公你回陣，俺來戰那燕狗！」

唐一明策馬回到陣中，心頭開始憂慮起來。

「慕容霸號稱燕國第一武士，武力應該很高，不知道陶豹能否抵擋得住他？」唐一明心道。

慕容霸本來在追趕唐一明，卻看到一個大漢從敵陣中衝出，出於習武者的本能，他把眼光投向這個大漢。

陶豹跨下的戰馬並不是那種威武雄壯的良駒，卻能夠將他壯碩的身軀馱起，而且還奔跑得如此迅速，也算是一匹健馬。

陶豹沒有披著沉重的戰甲，身上只穿著短袖的普通衣衫，肌肉盤虯的手臂彷彿蘊涵著無窮的力量。他也沒有戴頭盔，亂蓬蓬的頭髮隨便在腦後紮了個結，臉上全是漆黑剛硬的短鬚，毛茸茸地露出一雙虎目。

陶豹令人生畏的面孔沒有嚇住慕容霸，反而讓慕容霸對他刮目相看。慕容霸從陶豹撲來的氣勢上，感到一股似曾相識的殺意，那種殺意和他在兩個多月前廉台戰場上遇到冉閔時一模一樣。

「錚！」一聲巨大的響聲，在兩匹快馬相交的瞬間發出。兩軍陣前的騎士，都感受到一股強烈的肅殺之氣。

陶豹不知道慕容霸是誰，更不認識他，他唯一知道的，就是要將對方擊倒。

「好！再來！」陶豹掉轉馬頭，大叫一聲。

慕容靈秀已經回到自家陣營，看著突然衝出來的這個醜陋大漢，卻能擋住慕容霸的一記重擊，心中想道：「這醜陋的漢子真不簡單，居然能擋住五哥的一戟。」

慕容霸與陶豹只戰了一回合，兩馬分開的時候，他的手上感到了微微的麻痛感，心中不禁暗道：「這漢子果然不是個簡單的人物，普天之下能擋得住我一戟的人少之又少，能有這份力道的，更是屈指可數。」

「野漢子！我慕容霸戟下從不殺無名小卒，速速報上名來！」慕容霸掉轉了馬頭，大聲地叫道。

「俺叫陶豹！」陶豹說話間，又拍馬而出。

兩匹快馬相向而行，在空曠的原野中來回二十多次，相持不下。

唐一明的目光緊盯著陶豹和慕容霸，心中的擔心去了一半，竊喜道：「真沒有想到陶豹有如此身手，他和慕容霸大戰了二十回合居然不分勝負。陶豹果真是我軍的第一猛將啊，有了他，以後我也不用害怕慕容霸了，哈哈哈！」

燕軍陣前，戴著面具的慕容恪見到仍在相鬥的慕容霸，眉頭一直是緊鎖著的。

「四弟一生中罕逢對手，當初冉閔算一個，與四弟大戰三百回合勝負不分，不想今日在這裏又遇到了一個。四弟是燕軍的靈魂，如果久戰不下，必然會影響到軍中士氣。」慕容恪憂心地想道。

兵器交鳴之聲響徹原野，巨響的餘音在眾人耳鼓中震盪著久久不散。

慕容恪害怕面具會阻擋他的叫聲，取下臉上戴著的面具，同時運足了底氣，大聲喊道：「四弟！不可戀戰，還不使出你的必殺技，更待何時！」

慕容霸聽到慕容恪的那聲大喊，聲音入耳，手中卻揮舞著方天畫戟，朝陶豹衝了過去。兵刃交錯，兩騎再次互相錯過。

方天畫戟劃破虛空，這一戟雖然看似簡單之極，但極難抵擋，慕容霸提戟作勢，然後迴旋刺出的動作流暢無比，渾然天成，無跡可循！

一蓬鮮血濺出，慕容霸彷彿羚羊掛角般的一戟，在陶豹粗壯的胳膊上劃出一條深可見骨的傷口，血如泉湧。

唐一明見狀大驚，感嘆慕容霸戟法神妙之餘，對陶豹的悍勇也深深折服。陶豹雖然傷重至此，但他的氣勢卻沒有絲毫削弱的跡象。

「陶豹！回來！」唐一明大聲喊了出來。

陶豹聽到唐一明的呼喊，當即邊忍痛撤回到本陣，邊叫道：

「慕容霸，真好漢！敗給你，俺心服口服！」

唐一明目光盯著燕軍陣前，看著已經取下面具的慕容恪。沉重的銀色鋼盔下面，是一張俊朗無比的臉：白皙的皮膚，消瘦的面頰，配上深邃、蘊藏著無窮智慧的眼睛，竟然產生出一種奇異的魅力，令人不敢仰視。

在銳如鷹隼的目光注視下，唐一明竟生出一種被徹底看透的感覺。

「鮮卑慕容氏個個人中龍鳳，不想慕容恪竟然是個如此豔美的男子！」唐一明自語道。

與此同時，燕軍的軍陣突然裂開，從中駛出一排重裝騎兵，這些重裝騎兵之間均用一根鐵鎖相互連接著。

「連環馬陣？」唐一明見到這排整齊錯落的陣形時疾呼道。

「快撤退！」唐一明衝身後的士兵大聲喊道。

唐一明見從燕軍的陣裏衝出成百上千的連環馬，他知道這種連環馬陣的厲害，加上陶豹又被慕容霸刺傷，便下令撤退。

因為此行根本不是來對戰的，唐一明的目的很簡單，就是引誘慕容恪，本來想象徵性地做一下抵抗，然後詐敗而走，卻沒想到慕容恪居然出動了連環馬陣。

連環馬陣的厲害，在於依靠全副武裝的戰馬和士兵進行衝撞，依靠其巨大的衝擊力，撞開敵方的緊密陣形，使後續部隊破殺入敵陣。

連環馬陣的薄弱在於馬腿，因為馬腿沒有武裝。即使這樣，敵軍的士兵用兵器僥倖地刺傷或刺死其中一匹戰馬，剩餘的連環馬也會拖著被鉤倒的戰馬完成撞擊，從而將面前的敵軍踐踏如泥。如此一來，使用連環馬陣的目的也就達到了。

戰無不勝的冉閔，就是被慕容恪的連環馬陣所擊敗，有了前車之鑒，唐一明不敢冒進，為了避免傷亡，他只好下令撤退。

慕容恪確實是個傑出的軍事天才，連環馬陣就是他一手發明創造的。在冷兵器時代，連環馬陣就如同坦克一樣，橫掃整個北方大陸，此後，這種戰術綿延流傳了一千年，並成為每次胡人入侵中原的利器；兩宋時，金兀朮的拐子馬就是根據連環馬陣加以改進而成。

這種軍事戰法就算是拿到歐洲去，也定然會橫掃歐洲大陸，能夠在這個時代創造出連環馬陣這一空前絕後的戰術，這樣的絕世英雄，一直是唐一明所想見的，

當他見到這樣一位曠古絕今、風華絕代的偉人，興奮、狂熱、崇拜各種情緒交雜在一起，令唐一明頓時呈現出一種見到偶像的迷粉狀態。

可是，令唐一明萬萬沒有想到的是，就在他對慕容恪有著極大的欣賞和崇敬之情的時候，竟看到連環馬陣向他駛來，把他從對慕容恪的崇敬之中喚醒。

隨著撤退命令，早已做好準備的士兵盡數退去。

撤退時，唐一明還不忘記回頭看上慕容恪一眼，眼神中除了欣賞外，更多了一種對於對手的尊敬。

「真沒有想到，慕容恪把我當成如此大敵，竟然派出了連環馬陣！」唐一明咋舌道。

燕軍陣前，連環馬陣還沒有來得及建立功勞，慕容恪便看見唐

一明迅速撤走，留給他的是一陣揚起的塵土。

「四哥，那個混蛋跑了！你快派人追啊！」慕容靈秀看到唐一明撤退，很是著急，大聲說道。

慕容恪抬起手，大聲喝道：「全軍待命！」

雄壯的連環馬陣在聽到慕容恪的命令後，整齊劃一地停了下來。

「四哥，他們要跑了，我們不追嗎？」慕容靈秀指著前面質疑說。

慕容恪搖搖頭，道：「敵軍不戰自退，看來是早有準備，而且敵軍都是輕騎，在此等候我們多時，沒有一絲的疲憊；我軍卻是遠道而來，就算士兵不疲勞，座下的戰馬也都快扛不住了，追之不宜。」

此時，慕容霸提著他的方天畫戟策馬來到慕容恪面前，臉上略帶著一絲驚喜，又夾雜著一絲憂慮。

「四哥，此去泰山最多還有十里地，沿途並沒有發現敵軍的埋伏，看來敵軍是龜縮在泰山裏面，等著我軍去攻打，如此一來，我們所帶的騎兵就派不上用場了。唐一明很是狡猾，知道擋不住四哥的連環馬陣，便主動撤退了，四哥，接下來我們該如何做？」慕容霸問道。

慕容恪看了眼戴施，對手下的士兵道：「將戴施押回濟南城，等得到了玉璽，一併送回鄴城，交給大王處置！」

士兵得到命令，便帶著戴施朝濟南城而去。

慕容恪面色凝重地說：「五弟，如果想要在今天得到玉璽，只有兩條路可選，一是強攻泰山，二是答應唐一明的條件，用糧食交換！」

慕容霸立即接口道：「四哥，我軍士卒都是百戰精英，唐一明雖然號稱有三萬大軍，可真正能打仗的除了那些少數的乞活軍外，其他人都不足為慮。三十萬石糧食，那可相當於我大燕軍三十萬人兩百天的口糧啊，別說現在糧食尤為重要，就算是太平盛世下，我軍有三十萬石的糧食也絕對不能和他們換取。四哥，把你部下的一萬幽靈軍借給我，我帶著他們強攻泰山，定要斬殺唐一明，提著他的人頭和玉璽來見你。」

慕容恪眉頭緊皺，心中卻是另外一番打算：「我大燕兵馬外表看似是個龐大的軍隊，實際上能征善戰的有限，如今我率領五萬精兵來攻打青州，每損失一個士兵，就少一個士兵。段龕的手裏還握著至少十二萬的軍隊，泰山易守難攻，如果我一味在泰山損兵折將的話，就是不顧大局。泰山雖然棘手，但是比起段龕來說，還是微乎其微……」

慕容霸見慕容恪良久沒有說話，叫道：「四哥……四哥，你倒是說句話啊？」

慕容恪重重地嘆了口氣，說：「玉璽玉璽，為什麼大王就是看不透呢？一塊破石頭，真的就那麼重要嗎？五弟，我就將一萬幽靈軍交給你，能勝則勝；如果不能勝的話，再另想他法！」

慕容霸臉上顯得無比的喜悅，大聲說道：「四哥放心！我勢必要提唐一明的人頭來見你！」

「唐一明的人頭不重要，重要的是玉璽！傳令進軍！」慕容恪下令道。

山道兩邊的碉堡裏，聚集了滿滿的士兵，碉堡附近的樹林裏也早已經埋伏了手持弓箭的士兵。

王猛站在碉堡的瞭望臺上，遠遠地看到兩百多騎向著泰山駛來，領頭的人便是唐一明。

王猛趕忙奔下瞭望台，迎向前道：「主公，可曾迎到燕軍？」

唐一明朗聲道：「見到了！全軍開始進入備戰狀態，燕狗大軍一會兒便到！」

聲音落下，士兵們紛紛披上浸泡在涼水中的戰甲，一穿在身上，立時感到一陣涼意。

陶豹胳膊受傷，鮮血還在流淌著，唐一明給他纏上一條繃帶，對他說道：「陶豹，你可知道與你對戰的那個人是誰嗎？」

陶豹搖頭道：「主公，那個燕狗俺不認識，不過他很厲害，好幾次俺都差點沒招架住，他最後的那一戟，更是精妙絕倫，要不是俺側過身子，被他大戟劃破的就不是俺的胳膊，而是俺的喉嚨了，現在回想起來，俺還覺得有些害怕。不過，也怪俺騎術不精，如果在地上打的話，俺不一定就會輸給他！下次再遇到那個燕狗，俺一定要報這一戟之仇。」

唐一明呵呵笑道：「我知道，你是一員虎將，老虎都尚且怕你，更別說是人了。那個人叫慕容霸，是大燕國的第一武士，武功超群，無人可擋，你今天能與他在馬上對戰二十多回合，已經是很了不起了。陶豹，你暫且休息一下，一會兒的戰鬥就別參加了。」

「不！這點小傷算什麼？俺死都不怕！剛才在馬上沒有打過那個什麼慕容霸，俺要在這山道裏面再與他打過！」陶豹猛然站了起來，不服氣地叫道。

唐一明見陶豹如此悍勇，也擔心一會兒如果慕容霸再上陣，沒有人能夠抵擋得住他，便對陶豹說：

「好，既然你執意如此，那一會兒要是慕容霸上陣了，你就專門對付他，把他引開，引得越遠越好。你在山裏跑得快，如履平地，他下了馬肯定追不上你。你就把他引到亂石堆裏再與他對戰，要是能斬殺了他，你就立下了第一大功。」

陶豹點了點頭，對唐一明說道：「主公，俺聽你的。」

說話間，陶豹披上了戰甲，更將唐一明送給他的那把破軍寶刀拴在了腰上。

此次地勢對唐一明非常有利，加上山道又設下了許多陷阱，不僅可以殺死燕軍，更可以阻止燕軍的進攻。而此戰也是最為關鍵的一戰，山道兩邊的山坡上，除去黃大的一師不在之外，其他幾個師都藏得嚴嚴實實的。

王猛的二師都是男兵，他將二師分成了兩邊，一撥在山道左邊，一撥在山道右邊，持著盾牌，擋在女兵的前面，以便阻擋燕兵的弓箭。

不一會兒，便看到遠遠的曠野上駛來一彪軍隊。慕容霸騎著烏黑的戰馬，奔馳在部隊的最前面，將後面黑壓壓一片步軍遠遠地撇在後面。

他在離泰山入山的山道外一千米的位置停下。這個位置絕佳，不用擔心會有暗箭飛出。

燕軍北面而來，士兵們都穿著黑色的薄甲，頭上戴著鐵製的頭盔，臉上戴著鍍銀的猙獰面具，手中握著鋒利的彎刀，讓人感到莫名的生畏。

「這……這是什麼兵？」唐一明不禁失聲道。

站在一旁的王猛解釋道：「主公，這是慕容恪帳下的幽靈軍團，是燕國步兵中最為出色的一支，也是最為精銳的一支。慕容恪上陣殺敵的時候常常戴著面具，以掩飾他那柔美的面容，他專門訓練了一支軍隊，經常在夜間行動，進行偷襲，加上他的連環馬陣，總是讓人防不勝防。故而，人們將慕容恪部下的連環馬陣稱為鐵甲衛隊，將這支戴著面具的步軍稱為幽靈軍團。」

「主公，看來慕容恪對於此次行動非常的重視，竟然把幽靈軍團也派來了，應該是準備發起進攻了。」王猛道。

唐一明臉上顯出無比的堅定，道：「來吧，我軍以逸待勞，就讓這些假幽靈變成真正的幽靈吧！」

慕容霸騎在馬上，手中緊緊地握著方天畫戟，掃視著泰山上的一切。

他遙遙地看見矗立在山道兩側的幾個碉堡，每個碉堡邊上都插著一面大旗，上面繡著「漢」字。大旗周圍是排列著多不勝數的士兵，穿著統一的軍裝；他感到很是好奇，如此的壁壘是如何建造上去的。

「敵軍早已做好了防守的準備，弓箭、滾石、擂木清晰可見，防守得如此嚴密，令人咋舌。」慕容霸道。

一會兒，慕容恪和慕容靈秀便帶著全部軍隊到了慕容霸身邊。燕軍兩萬步軍，每五千人為一個方陣，盾牌兵、長槍兵、弓箭手混合在一個方陣裏。四個方陣分別排開在燕軍的左翼和右翼，一萬騎兵則排在最後面，七千騎兵緊緊地站在幽靈軍團的後面，三千連環馬陣坐落在最中央。

每個戰陣裏都有一個偏將負責指揮，各個戰陣結合在一起，前、後、左、右、中，形成一個龐大的軍隊陣容。

「軍師，真沒有想到燕軍的陣容會如此的強大，五萬軍隊依次擺開，已經漫山遍野了，看來慕容恪此行不單單是為了玉璽，更有可能是想趁著搶奪玉璽之機，一舉把我們消滅。」唐一明盯著曠野上擺開的燕國大軍對王猛說道。

王猛點點頭，道：「慕容恪果然不愧是兵法大家，陣形佈置得如此嚴密。」

「是啊，左翼的一半士兵面朝西面，右翼的一半士兵面朝東面，後面的那一萬騎兵則是背朝南面。如此一來，不管哪一面出現伏兵，燕軍都能夠從容不迫地臨敵，簡直是密不透風。」唐一明指著那群黑色大軍說道。

王猛道：「慕容恪比我想像的要聰明，看來埋伏在十里溝的一師此次發揮不了什麼作用了。」

「也不一定！現在燕軍士氣正盛，我軍只管堅守，要是到了夜間，黃大的一師還是可以發揮突襲的作用。」唐一明自信地道。

王猛點點頭，對唐一明道：「主公，看來燕軍也在想到底要怎樣進攻呢！」

「哈哈，想吧，只要他們敢來，定然要將他們有來無回。」唐一明大笑道。

慕容恪看著嚴陣以待的敵軍，對慕容霸說道：「五弟，你看，山道中沒有一個人，肯定是設置了陷阱。敵人居高臨下，看來是做好和我們打持久戰的準備，不過，我軍可拖不起，爭奪玉璽就在今日，最多不能超過明日正午，面對這樣嚴密的防守，你說我軍該怎麼辦？」

慕容霸也在思量這個問題，他比慕容恪早來，當他看到山坡上密密麻麻的士兵後，便有了一絲顧慮。

「四哥，面對防守如此嚴密的山口，除了強攻也沒有其他辦法了。」慕容霸皺著眉頭，淡淡地說道。

慕容恪道：「也只有如此。可惜我沒有帶攻城器械來，不然的話，可以用投石車來摧毀敵人的防線。五弟，你先帶一萬幽靈軍強攻。我看了一下，敵人的西面坡度較低，你一會強攻的時候，不用管東面，只管向著西面猛攻；只要佔領了西面的山坡，我就發兵與你一起攻打東面，一定能夠戰勝敵人，只是如此一來，只怕會陣亡不少將士！」

「四哥，別想那麼多了。段龕的軍隊雖然眾多，與唐一明的軍隊比起來簡直相差太大，要是不趁現在除去唐一明，日後定為我大燕之患！」慕容霸高聲叫道。

慕容恪目光透出些許殺意，說道：「你說的不錯，為了大燕，區區幾萬人又算什麼？五弟，開始攻擊吧！」

慕容靈秀聽到慕容恪的話，急忙對慕容霸說道：「五哥，刀槍無眼，萬事小心！」

慕容霸自負地道：「你放心，這個世上能夠傷到我的人還沒有生出來呢！」

慕容恪抬起了手，對身後的一個傳令官說道：「傳令下去，大軍開始攻擊！」

傳令官點了點頭，從腰裏摸出來一個號角，用力地吹響了，號角發出渾厚的聲音。慕容霸翻身下馬，持著方天畫戟，和身後的一萬幽靈軍團伴隨著號角的聲音前進。

東山坡上，唐一明和王猛的目光一直注視著山坡下的燕兵。

「主公，燕軍企圖佔領西山坡。」王猛道。

唐一明「嗯」了一聲，看了一眼身邊的陶豹，說道：「你的傷真不礙事？」

陶豹揮動了一下胳膊，毫不在意地說道：「主公你看，俺的胳膊一點都不疼，一點皮外傷，不礙事的！」

唐一明道：「那好，那你敢不敢去和慕容霸再大戰一場？」

「有何不敢？俺要報一戟之仇！」陶豹凜然說道。

「好樣的，你現在帶著一個排從後面繞過去，去支援西山坡，那邊的坡度比較低，燕兵是想孤注一擲，強攻西山坡。你到了之後，迅速和慕容霸決戰，然後故意輸給他，將他引入大山深處。這把破軍寶刀也一併送你。」唐一明道。

「那萬一他要是不上當呢？」陶豹問。

唐一明說：「你又不是白癡，他不上當你就回戰，慢慢地將他引來。」

陶豹點點頭，立即對身後早已經準備好的士兵喊道：「一排的跟我來！」

第八章

中原霸主

慕容霸對幽靈軍喊道：
「你們是我大燕最為精銳的部隊，
我們不僅是草原上的霸主，更要做整個中原的霸主！
為了大燕，為了鮮卑，不怕死的跟我衝啊！」
慕容霸的喊聲起到了振奮人心的作用，
使幽靈軍都為之一振。

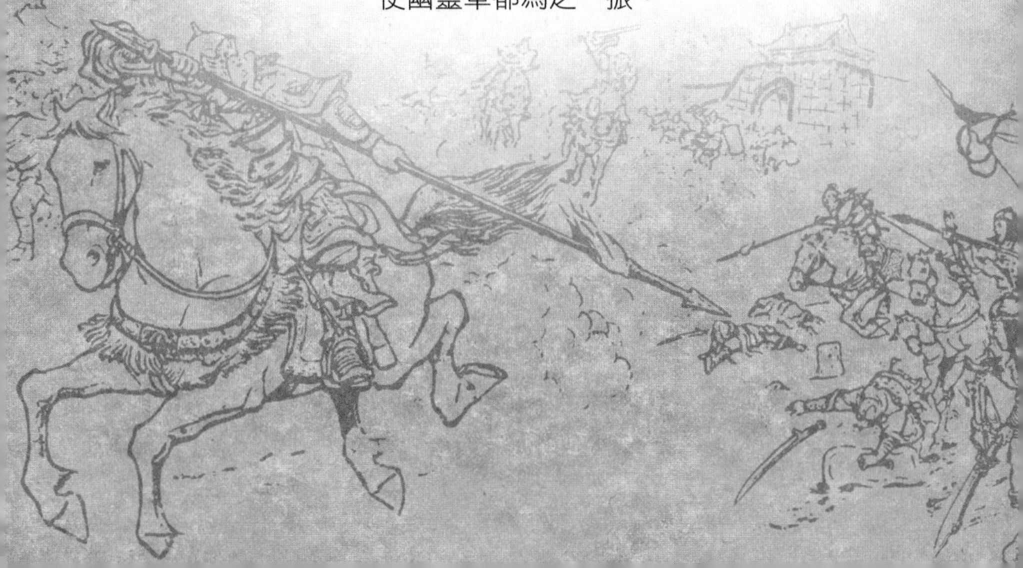

慕容霸帶著一萬幽靈軍徑直上了西山坡，守衛西山坡的是劉三、趙全兩個師，外加一個二師的副師長張亮帶領的兩千多人，一共有一萬多人。

劉三一見到燕兵衝上來，便拉開手中的弓箭，同時對握著弓箭的女兵喊道：「放箭！」

戰鬥隨即打響，劉三和趙全手下的女兵紛紛拉起手中的弓，射出箭矢，登時萬箭齊發，慕容霸提著一根方天畫戟，一邊撥開射來的箭矢，一邊利用他矯健的身姿躲避從山坡上滾下來的大石頭。

「大家小心！」慕容霸向身後的幽靈軍士兵喊了一聲。

東山坡與西山坡相距約有五百米，東山坡的士兵見到燕兵正大舉攻打西山坡，只能眼睜睜地看著，幫不上忙。

與此同時，慕容恪已經調集了一支四千人組成的弓箭手，嚴守在山道的入口處，防守著東山坡上的敵軍士兵增援西山坡。

滾石瞬間吞沒了幾十個幽靈軍的士兵，如蝗的箭矢落下，穿透幽靈軍士兵的黑色薄甲，殷紅的血跡立刻從他們的體內泉湧般噴出，染紅了黑色的甲衣。

「給我衝！」

慕容霸率先衝上山坡二十米的位置，山坡上，唐軍士兵不停地朝山坡下面射箭，推下滾石、擂木，減緩燕兵的進攻。

燕兵還沒有衝上山坡，便已經死傷了幾百人，燕兵被石頭砸中、被箭矢射中的痛苦叫喊聲，不斷地響了起來。

「給我射！射死那些狗日的燕兵！」趙全指揮著手下的士兵大聲喊道。

東山坡上，唐一明和所有人都在關心著另一邊西山坡上的戰鬥，慕容霸和燕兵沒有衝上去，面對強大的箭矢和滾石，顯得有點力不從心。

唐一明看得出幽靈軍確實是訓練有素，他們利用輕便的身姿躲避從山坡上滾下來的石頭，用手中的彎刀撥開迎面射來的箭矢，使他們的傷亡人數沒有過多地增加。

此時，慕容霸躲在一棵樹的後面，看著不斷受傷戰死的士兵，眼裏爆出極強的殺意。

「呸！」慕容霸朝地上吐了口口水，大聲對幽靈軍的士兵喊道：「你們是我大燕最為精銳的部隊，我們不僅是草原上的霸主，更要做整個中原的霸主！為了大燕，為了鮮卑，不怕死的跟我衝啊！」

慕容霸的喊聲起到了振奮人心的作用，使幽靈軍為之一振。

「為大燕國而死，為將軍而死！」幽靈軍齊聲大喝。

叫聲巨大，猶如雷震，在山道裏四散傳開，回音跌宕起伏，久久不能絕。

唐一明遠遠地看到這一幕，心中頗為擔心，擔心慕容霸和燕兵衝上山坡，那些缺少近身搏擊實戰經驗的女兵，無疑抵擋不住如同虎狼一樣的幽靈軍。

慕容霸衝到五十米的位置，武藝超群的他，輕而易舉地躲避了滾石和箭矢。將手中的弓箭對準了慕容霸。可是，接連三箭射出去，均被慕容霸用手中的方天畫戟給撥開了。

劉三從未如此近距離地見過慕容霸，慕容霸的臉上盡顯猙獰之色，帥氣的臉龐變得猙獰無比，目光中更是露出兇悍的眼神，似乎要將人生吃活吞一般。

驚愕之下，劉三急忙對身邊的士兵喊道：「給我瞄準了那個燕將，一起射死他！」

五十米的距離，照常理來說，弓箭射出去以後極難躲避，可是奇蹟在慕容霸身上發生了，他將手中的方天畫戟舞成了一個圈，快速不停地揮動著，戟風如同形成一堵牆壁，硬是將迎面射來的箭矢盡數撥落，落在腳下。

慕容霸的舉動引來張亮的注意，張亮看到慕容霸如此身手，不禁感到一絲畏懼。

「砸！用石頭砸死他，千萬別讓他上來！」張亮大聲說道。

六十米！

七十米！

眼看慕容霸越來越近，卻仍毫髮無損地衝了上來，他身後的那些幽靈軍也冒死衝到五十米的位置，叫嚷著振奮人心的口號，無所畏懼。

「奶奶的！他是人是鬼？為什麼你們這麼多人都弄不死他？」趙全忍不住叫道。

越是臨近山坡上碉堡周圍的陣地，慕容霸就越發英勇，他身上所帶的強烈氣勢，讓人望而生畏。

前排一個持著盾牌的士兵滿臉驚怖，「啊」的一聲大叫，便丟下手中盾牌向後跑去。

「懦夫！娘子軍都沒有一個跑的，他居然跑了！」

「嗖！」劉三放出手中扣著的箭矢，一箭射穿那個逃跑的士兵，士兵立刻一命嗚呼。

「主公軍令，擅自退者殺無赦！」

趙全見狀，丟下手中弓箭，快速跑到那個逃跑士兵的位置，拿起盾牌，堵上那個缺口，大聲叫道。

八十米！

慕容霸越來越近，前排的士兵能夠感受到他身上帶來的死亡氣息，有的士兵已經不寒而慄了，雙腿哆嗦得要命。

趙全也開始擔心起來，這樣的一個人物萬一真衝上來了，可是不好對付。

「奶奶的個熊，老子跟你拼了！」

趙全看到其他士兵對慕容霸十分畏懼，一改往常的柔弱姿態，操起一根鋼戟，持著盾牌大聲叫道。

慕容霸嘴角揚起一絲淡淡的笑容，喊道：「擋我者死！」

九十米！

就在這關鍵的時候，陶豹突然出現了，他將手中的鋼戟猛然射了出去，鋼戟朝著慕容霸徑直飛去，並且發出一聲巨大的吼聲：

「慕容霸！休得猖狂！」

突如其來的鋼戟和巨大的吼聲，打亂了慕容霸的步伐。他猛然抬頭，看到之前與他大戰的醜陋漢子出現，便冷笑一聲，說道：

「手下敗將，亂叫什麼？」

陶豹抽出腰中的破軍寶刀，指著慕容霸叫道：「剛才俺是故意輸給你的，現在俺要取你的狗命，別人怕你，俺可不怕你，俺要把你的人頭割掉，當凳子坐！」

慕容霸聽了陶豹的話，不覺心裏怒意頓生，撥開射來的箭矢後，便向著陶豹方向跑去，大叫道：「賊子好大的口氣，看我不殺了你！」

陶豹站在一個斜坡上，與碉堡附近的陣地相距二十米，見慕容霸朝自己衝來，便提著寶刀向後退，邊退邊喊道：「這裏不夠寬闊，俺施展不開，有本事你就跟俺來，看俺不用手中的寶刀把你的腦袋削掉！」

慕容霸向前跑了不到十米，見陶豹接連後退，背後又是幽靈軍的慘叫聲，心中一怔，細細地想道：「好小子，差點上了你的當！」

慕容霸大笑了幾聲，轉過身子，不再追趕陶豹。本想衝上唐軍的陣地，卻猛然感到背後刀風呼嘯，脖頸上的寒毛陡立，他急忙彎下腰，手中大戟同時向後揮出，只聽見「錚」的一聲響，刀戟相交，他用方天畫戟擋住了陶豹砍來的一刀。

原來，陶豹見慕容霸轉身，便猛然躍起，快步跑了過去，舉起寶刀便是一記猛砍。

可是這一刀砍下去，令陶豹吃驚不已。他手中的寶刀竟然沒能夠將慕容霸的方天畫戟砍斷，平時削鐵如泥的寶刀似乎失去了功效。

陶豹收回寶刀，納悶地道：「奇怪！」

其實並非是寶刀失效，而是慕容霸手中的那桿方天畫戟也是寶物。他善於使戟，又加上力氣大，普通的兵器拿在他手裏十分不順，於是便花重金購得一塊天外寒鐵，命冶煉名師打造七七四十九天而成。

慕容霸憑藉著他手中的方天畫戟，不知道殺死多少敵軍大將，自從十七歲得此寶物後，便再沒有碰到什麼對手，縱橫天下已經有十幾年了。

冉閔死後，慕容霸仗著這桿畫戟，認為自己已經無敵於天下，卻不曾想今日遇到陶豹這個粗野的漢子。

慕容霸見陶豹第二刀又揮了過來，便急忙側過身子，大戟一揮，回擊陶豹。陶豹急忙用刀擋住，兩般兵器相撞，在強烈的陽光下迸發出火花。

「喂！那野漢子！你究竟想做甚麼？」慕容霸見陶豹擋住他的大戟，大喊道。

陶豹大叫道：「斬殺你的狗頭，給俺當尿壺！還要搶了你的老婆，給俺當女奴！」

慕容霸大怒，又是一戟揮出，這看似平常的一戟，卻蘊涵著他多年的功力，陶豹見狀，縱身跳開，這一跳居然跳出一丈多遠，令人嘆為觀止。

「媽巴的羔子！俺已經在馬上吃過你一次虧了，你還用這招？」陶豹罵罵咧咧地道。

慕容霸心中怒火正盛，見陶豹比在馬上更為敏捷，好鬥之心重新燃起。

「賊漢子！今天我慕容霸要是不殺了你，難解我心頭之恨！」慕容霸叫道。

陶豹嘿嘿笑道：「俺也要砍你的腦袋當尿壺！還要……」話剛說到一半，慕容霸便跳了過去，大戟一揮向前刺去。陶豹見這戟來勢洶洶，不敢抵擋，又向後跳出好遠。

慕容霸的怒火已經完全被陶豹激起，戟法盡皆施展而出，將陶豹封鎖在他的戟風之下，讓陶豹毫無還手的餘地。

陶豹始終沒有忘記唐一明對他說的話，將慕容霸引開，成了他心裏唯一的一個想法。他用寶刀將自己罩住，且戰且退，漸漸地退入山坡後面的樹林裏去。

燕軍陣前，慕容恪觀察著整個戰場，見慕容霸矯健的身影被人引走了，心中一怔，叫道：「不好！五弟的好鬥之心又犯了！」

慕容霸勇猛無比，卻只有一個不好，一旦激起他的鬥志，他便會死追不放，誓言殺死對方。這是他對武道的執著，卻也成為了他的缺點。

「四哥，幽靈軍久攻不下，五哥又不知道去向，該如何是好？」慕容靈秀的眉頭也皺了起來，走到慕容恪身邊問道。

慕容恪望著前面的山坡，看到幽靈軍團死傷近兩千人，好不容易衝到了半山坡，慕容霸竟不見人影了，那些士兵在敵人的攻勢下又被迫退了回來。他的眉頭始終緊皺著，臉上汗如雨下，背上的衣服早已濕透。

他取下面具，用衣袖擦拭臉上的汗水，嘆了口氣。

「靈秀，傳令幽靈軍撤退！」慕容恪十分不情願地終於說出這句話。

慕容靈秀聽到慕容恪的話，轉身對傳令官說道：「大將軍有令，讓幽靈軍撤退！」

傳令官點點頭，拿起號角，吹響了撤退的聲音。

唐一明聽到遠方號角響起，西山坡上的幽靈軍開始慢慢後撤，他和將士們都歡欣鼓舞，異口同聲地叫道：「太好了，敵軍終於退了！」

燕軍陣前，慕容恪心裏十分不好受，面對防守如此嚴密的敵軍，他感到一種前所未有的壓力。

「四哥，還有幾個時辰天就要黑了，我們該怎麼辦？」慕容靈秀問。

慕容恪淡淡地說：「除了強攻，沒有其他方法。」

「大將軍！王上的特旗使！」一個偏將指著曠野上馳騁而來的一匹快馬，大聲說道。

「四哥，果然是二哥的特旗使，他怎麼會來這裏？」慕容靈秀看著來人，困惑地說。

慕容恪眉頭一直緊鎖著，見到特旗使後，忽然略微鬆開了一下，俄而又再次皺起，說道：「大王已經到濟南城了。」

慕容靈秀驚道：「四哥，你說什麼？二哥……二哥也來了嗎？這怎麼可能？」

慕容恪沒有說話，調轉馬頭，靜靜地等候在原地。

沒多久，特旗使來到慕容恪面前，翻身下馬，跪在地上，恭敬地對兩人說道：「郡主！大將軍！王上特令！」

「拿來我看！」慕容恪道。

特旗使回道：「是王上的口諭！」

「那你還不快說！」慕容靈秀急忙道。

特旗使道：「王上已經秘密來到濟南城，玉璽的事，王上已經知道了，特派屬下前來傳上口諭，讓大將軍務必在今日破敵，獻出玉璽。」

慕容恪臉上沒有任何表情，道：「大王可知這裏駐守數萬敵軍，又佔據險要之地，易守難攻嗎？」

「王上一切都知道，也已經斬殺了戴施。王上說，大將軍戰功赫赫，智勇雙全，區區些許山賊不足為患，讓大將軍速速與山賊決戰，免得夜長夢多！如果……如果……」

特旗使說著，結巴了起來，似乎話中有什麼難言之隱。

慕容恪追問道：「如果什麼？」

特旗使叩了一下頭，說道：「大將軍恕罪，一切都是王上命令，屬下只負責轉達。王上說，如果大將軍今日以五萬大軍還奪不回玉璽，就……就不用再回去了！」

話音剛落，便見慕容靈秀從馬背上跳下來，抬起一腳踹向那個特旗使，罵道：「狗奴才，你胡說！二哥絕不是這樣的人！」

特旗使急忙答道：「郡主息怒，屬下只是奉命辦事，所說之話都是王上親口所說，句句屬實。」

「靈秀！不許胡來！打罵特旗使其罪當誅！」慕容恪厲聲喝道。

「可是四哥……」慕容靈秀委屈地說。

慕容恪調轉馬頭，對傳令官說道：「傳令所有步軍，向山坡兩側發起猛攻，騎兵下馬，以弓箭掩護！擒其匪首者賞千金，賜侯爵！但凡有臨陣畏敵者，士兵可當場斬殺，無須奏報！」

眾人耳邊響起嘹亮的號角聲，蓋住慕容靈秀要說的話。

這種號角聲不同於前幾次的聲音，渾厚、悠遠又繁長，聲中夾雜著歡快的曲調，讓每個聽到號角聲的士兵都熱血沸騰。

所有的燕兵同時喊著振奮人心的口號：「為大燕國而戰！為大將軍而戰！雖死無憾！」過後，步兵向前奔跑，騎兵下馬，挽弓搭箭，緊隨步兵。

數萬燕軍霎時便分成兩列，一列攻打西山坡，一列攻打東山坡，黑壓壓一片，猶如滾動的潮水一般，向山坡上湧去。

唐一明站在山坡上，看到燕兵毫無畏懼開始新一輪的衝鋒，大聲喊道：「燕狗全面反擊了，大家奮起反抗，把這些狗娘養的胡人趕出泰山！」

「殺！殺！殺！」

唐軍士兵的聲音響徹山谷，直沖雲霄。

「嗖！嗖！嗖！……」

緊接著，山坡上萬箭齊發，箭矢如蝗，漫天飛舞。

山坡下，燕兵也不甘示弱，有弓箭的就拉弓放箭，用他們最為熟悉的武器和精準的箭法回擊山坡上的唐軍士兵。好在只有少許的箭矢越過盾牌，飛入盾牌後面的女兵陣中。

一時間，箭矢互相對射，那種密集的程度，一點也不亞於今天的槍林彈雨。雙方士兵稍有不慎，便會被箭矢貫穿身體。

唐一明也拉開一張弓，放出箭矢，與後面幾排的女兵行動一致。女兵們早已被唐一明訓練成靈動的弓箭手，第一排放完隨即退回，再由第二排接著放，然後是第三排、第四排……如此不斷循環往復，這樣可以減少拉弓搭箭的時間，使箭矢密不透風。

王猛也沒有閒著，他用他最拿手的投石技巧，從地上撿起大大小小的石頭，然後向下投出，也砸死砸傷不少燕兵。戰鬥頃刻間便激烈異常，整個山坡隨處都可以聽見慘叫聲不絕於耳。

燕軍遠道而來，加上炎熱的天氣，沒有得到多少休息便又參加了戰鬥。其中最累的當屬步軍，他們不眠不休地急行了一百多里，到達這裏後，還沒有喘上幾口氣，便馬上投入戰鬥中冒死衝鋒，換來的卻是不斷倒下的屍體。

騎兵也顯得有點不堪重負，身上的戰甲如同火熱的爐子，烘烤著他們的身體，使人難受異常。

脫掉戰甲本來是最好的解熱方法，可一旦脫掉戰甲，他們拿什麼防禦敵人的箭矢？

剛開始如同螞蟻一般的燕兵，在經過近半小時的較量後，開始顯出他們的不足，死傷的人數不斷增加，可衝上山坡的卻沒有幾個。

戰鬥進行一個小時後，燕兵死傷近八千人，唐軍卻只有少數八九百人死在箭矢之下，相差懸殊。

西山坡上，幾十個燕兵不知道用什麼方法突破缺口，衝上了唐軍防守的陣地，但是後面的燕兵還來不及去享受那個缺口給他們帶來的優勢，那些燕兵便已經被唐軍統統殺死，將屍體推下山坡。缺口也隨即被堵上。

戰鬥如火如荼的一直在持續著，唐一明見燕兵的攻勢有點弱了，便對王猛喊道：「軍師，是時候點火了！放狼煙！」

王猛聽到唐一明下令，便急忙跑到碉堡後面，將早已經準備好的乾柴點燃，乾柴燒著後，再用石頭壓在上面，火堆冒起濃濃的黑煙，徐徐飄上天空。

慕容恪時刻都在注意戰場上的情況，他見好幾次燕兵都衝上了敵人的陣地卻又被擊退，心中十分糾結。往日戰無不勝的燕軍像是遇到了強大的對手，始終無法突破敵軍的防線。

狼煙升起，燕軍的號角聲也隨之響起。

慕容恪看到狼煙，頓時心生狐疑，戰鬥中突然生起狼煙，似乎是一種訊號？他用兵謹慎，見燕軍傷亡過多，便下令暫時讓燕軍撤退下來。

如此，第二次集體式的衝鋒又以失敗告終！

「一萬人！短短一個時辰，我軍已經戰死一萬人，敵人卻最多只傷亡一兩千人。為了一個玉璽，值得嗎？」

慕容恪心中懊惱不已，他既無法打消燕王的稱帝野心，又無法在短時間內攻破泰山奪取玉璽。他有自信，如果再給他三天時間，他就能夠攻破泰山，奪回玉璽；可是身為他二哥的燕王慕容儁卻等不及了，想要得到玉璽的欲望促使慕容俊的野心一點一點地變大。

燕兵退下，山坡上屍橫遍野。

唐一明讓人抬出戰死的士兵，把受傷的士兵一併送到後面的碉堡裏，那裏有醫務兵幫忙受傷的士兵清洗包紮傷口。

「大家都看到了嗎？燕軍再強大也是人，只要我們同心協力，沒有戰勝不了的。一個時辰內，我們便殺死了燕軍的一萬士兵，我們要再接再厲，一定要堅守住陣地！」

唐一明在休息之餘還不忘記給士兵打氣，給他們精神上的鼓舞。

慕容霸被陶豹給引到一個亂石堆裏，兩人展開了決戰。

地勢上對陶豹非常有利，陶豹在亂石堆裏猶如在平地上行走，健步如飛，時而跳躍，時而奔跑，在攻擊和防守上多了一些優勢。

慕容霸不習慣這種亂石堆，他在馬背上作戰當屬一流，下了馬，武功也能發揮九成，可是到了這種地方，他的武功發揮程度便大大地打了個折扣，估計只有七成。

「慕容霸，原來你也不過如此，俺還以為你挺厲害的呢？哈哈！看來今天你的人頭俺是砍定了！」陶豹邊邊罵道。

慕容霸與陶豹交戰了二三十招，行動的範圍僅僅只在三塊較大的石頭上，他被陶豹引到這裏之後，便覺得自己中計了，本來想走，卻終究被陶豹纏著，一時間脫不開身。

「賊漢子，你的奸計得逞了！不過，你也別高興得太早，你們這群烏合之眾，早晚會被我大燕鐵騎踏平的！」

慕容霸舉起方天畫戟，擋住陶豹砍來的一刀，開始反攻。

這裏的地形是陶豹的優勢，可在兵器上卻成了劣勢，他手中的寶刀不夠長，每每攻殺慕容霸的時候，都會被他的大戟反擊一下，若不是陶豹身體靈活，身手矯健，恐怕早已死在他的大戟之下了。

慕容霸邊戰邊退，只想快點退回到戰場上去，看看那裏究竟怎麼樣了，可是陶豹就彷彿是個跟屁蟲一樣，他走到哪裡，陶豹便瞬間跟到哪裡，讓他不得脫身。

陶豹亦是如此，兩人相持不下兩百餘招，卻奈何不了慕容霸，誰也傷不了誰，纏鬥下，雙方在體力上都有點下降。

慕容恪將部隊集結在一起，重新擺開陣勢，狼煙的飄起，讓慕容恪提高警覺，意識到那邊還有一支未曾參加戰鬥的軍隊，就隱藏在他們的附近。

他的想法很簡單，先讓燕軍擊敗敵人的伏軍，解除後顧之憂，以增強軍隊的士氣，然後再行強攻泰山。

兩軍互相對峙著。慕容恪在等待著可能到來的伏兵，唐一明也在等待著。

太陽已經偏西了，炎熱的天氣讓燕兵酷熱難當。受傷的燕兵在傷口處混上汗水，與鮮血混合在一起，滴落在地上，他們卻仍然一動不動，頂著烈日，忍著傷痛，靜靜地等待著。

過了將近半個時辰，兩邊都沒有看見伏軍的出現，原本喊打喊殺的戰場上出現了異常的平靜。

「四哥！五哥去了那麼久，怎麼還沒有回來？會不會出什麼意外了？」

慕容靈秀一直沒看見慕容霸的身影，不免有點擔心。

慕容恪淡淡說道：「道明智勇雙全，絕不會出現什麼意外。」

「那他怎麼還不回來？」慕容靈秀抹了一下臉上的汗水，擔心地問道。

慕容恪看了眼慕容靈秀，關心道：「靈秀，你還受得了嗎？」

「受得了，就是渴，嗓子都快冒煙了！」慕容靈秀吞了口口水道。

慕容恪眼裏閃過一絲光芒，自語道：「我軍遠道而來，又沒有攜帶水和食物……敵軍是想以逸待勞拖垮我軍……」

慕容恪環視了周圍的將士，見他們臉上都顯得很是疲憊，外表掩飾不住內心的空洞，他從那些士兵的眼裏看出他們早已沒有戰意，只是在硬撐著。

「如果再這樣下去的話，士兵肯定會受不了的，敵人的伏軍一旦出現，山坡上的敵軍也一定會對我們發起攻擊，兩邊夾擊之下，我軍將陷入被動境地，可能會大敗……靈秀，你能否替四哥辛苦一趟？」慕容恪問道。

「四哥，有什麼事，你儘管說！」慕容靈秀道。

慕容恪沉思半天，動了動嘴唇，終於說出了他最不想說的話：「你回濟南城稟告大王，說我軍戰敗，無法取回玉璽。敵軍要求用三十萬石糧食換取玉璽，問大王可否願意。」

「四哥？你……你放棄了？」慕容靈秀驚道。

「有時候放棄也未嘗不可！」慕容恪淡淡說道。

慕容靈秀不解地道：「四哥，你真的打算用糧食跟唐一明那個混蛋換取玉璽？這……這不是我認識的四哥啊！」

慕容恪冷笑兩聲，語氣十分平緩地說道：「為了一個玉璽，已經死了一萬多我大燕的健兒，如果再強攻的話會付出更多生命。三十萬石糧食雖然不是個小數目，但與幾萬精悍的士卒相比，孰輕孰重，難道你還看不出來嗎？」

「四哥，我知道你關心百姓，體恤下屬，可也不能便宜了唐一明那個混蛋啊！四哥，再攻一次吧！」慕容靈秀勸道。

慕容恪搖搖頭：「靈秀，我這樣做也是迫不得已，我只想保存大燕的實力。青州段龕未除，中原未定，大燕以後用兵的地方多著呢，千萬不能因小失大，白白喪失了這些精悍的士卒。」

「可是三十萬石的糧食也太多了！」慕容靈秀不滿地道。

慕容恪道：「如果大燕攻下青州，就佔領了青、並、幽、冀四州之地，足以鼎足而立，笑傲群雄。少了這三十萬石的糧食，也不算什麼。靈秀，你現在趕快回濟南，以火風的速度，一來一回最多兩個時辰。」

慕容靈秀終於點頭道：「四哥，我知道了，那你等我，我這就回去。」

話音落下，慕容靈秀便調轉馬頭，大喝一聲，飛馳而出。

慕容恪隨即令道：「傳令下去，大軍退後十里！」

「主公，你看，燕狗撤軍了！」黃二指著山下的燕兵道。

唐一明聽到黃二的叫聲，急忙向前方眺望，果然看見燕軍正在後退。

「主公，燕狗退了，殺出去吧！」黃二大叫著，顯得很是興奮。

「不！燕狗雖然撤軍了，可是你仔細看了沒，燕狗軍陣整齊，不像是倉皇撤退，顯然是慕容恪主動下令撤退的，如果此時我們衝出去，只怕會受到傷亡。」唐一明分析道。

王猛附和道：「主公，你說的沒有錯，看來慕容恪見傷亡太大，主動撤退了。」

「就連撤軍都如此整齊，慕容恪治軍之嚴，實在令人嘆為觀止，慕容恪也不愧是名不虛傳的大將！」唐一明誇讚道。

第九章

城下之盟

慕容恪強壓住心中不爽，説道：

「唐將軍，我們各退一步吧，二十萬石糧食換取玉璽，

你要是同意，咱們就換；不同意的話，只有兵戎相見了！

這二十萬石糧食，已經是我大燕對你的寬容了，

換不換，只憑你的一句話！」

「主公，如此一來，一師的偷襲就失效了。」王猛道。

唐一明點點頭，道：「你說的沒有錯，不過，我們偷襲的目的是為了能使得燕軍退兵，現在燕兵退了，偷襲就算不成，目的也達到了，還可以免去一些傷亡。不過，我擔心慕容恪只是暫時後撤，似乎在等待著什麼。來人啊！」

「主公有何命令！」偵察兵應聲道。

「你悄悄地跟在燕軍後面，觀察一下燕軍的動向，多去幾個人，一有消息，便立即向我稟告。」唐一明吩咐道。

眾人正在說話間，唐一明便聽到一聲巨吼：「主公，俺回來了！」

唐一明看到陶豹，見他衣衫全部汗濕，手中握著那把破軍寶刀，臉上揚揚得意，便問道：「陶豹！慕容霸呢？」

「主公！別提了，那傢伙和我打了好久，我殺不了他，他也殺不了我，後來我們都打累了，便坐在石頭上歇息。俺剛坐下來，那傢伙便拔腿就跑，跑得如此神速，在亂石堆裏，簡直就像飛的一樣。後來俺才想到，那傢伙跟俺打的時候，一直都在保存體力，想趁勢逃跑。俺沒有追上，讓他給跑了！俺尋思著他還會回來，便摸了回來，誰想居然看見燕軍退兵了，俺這才來找主公稟告情況。」陶豹邊說邊比畫著。

唐一明聽了說：「慕容霸非泛泛之輩，你能纏住他那麼長時間，也算是了不得的人物了，此戰結束後，你就是首功，我給你找個老婆！」

陶豹大聲說道：「俺不要老婆，沒人願意嫁給俺，俺也不準備要老婆了！」

眾人聽了，都哈哈地大笑了起來。

「主公，你看，是一師的將士們！」王猛指著一支重裝步兵，大喊道。

唐一明道：「來得太晚了，要是早點來的話，興許還能再給燕軍一次重創。不過，這也怪我，居然讓他們躲在十里溝裏，那裏亂石叢生，行走不便，難為他們了。黃二，下去告訴你哥，讓他原地待命。」

慕容恪將部隊退後十里，停在泰山外的十里坡，在確定沒有追兵過來的情況下，他讓小部分人負責守衛，其他人則可以卸掉身上的戰甲，好好地歇息一番，喘口氣。

士兵們從早晨出來一直到現在，才算真正的歇息，紛紛躺倒到地上，不想動彈。

慕容恪也脫下戰甲，同時脫掉汗濕的衣衫，露出結實白皙的胸膛，他將衣衫上的汗水擰乾，再穿在身上，立刻覺得舒服許多。

慕容恪坐在樹蔭下面，但見一個大漢提著一桿大戟向他而來。

「你終於回來了！」慕容恪淡淡道。

那個大漢就是慕容霸，他回到戰場附近，看見燕軍撤退，便一路追了上來。

慕容霸走到慕容恪身邊，喘氣地說道：「四哥，你……你為什麼撤軍了？」

慕容恪道：「大軍久攻不下，士氣低落，士兵疲憊，敵軍以逸待勞，對我軍不利，只有暫時撤退。你怎麼樣了？」

慕容霸重重地嘆了口氣，說道：「都是我不好，中了敵人的奸計，不僅沒有殺掉敵人，還被那賊漢子給纏住無法脫身。四哥，你懲罰我吧！」

慕容恪一把拉住慕容霸的手，示意他坐下來。慕容霸坐在慕容恪身邊，兩兄弟心中都是萬千的感慨。

「你我兄弟，還說這些幹什麼！」慕容恪道。

慕容霸道：「四哥，眼看期限就要到了，玉璽卻還沒有到手，我們該怎麼辦？」

「大王已經秘密到了濟南……」慕容恪道。

「什麼？」慕容霸打斷慕容恪的話，驚道：「大王為了一塊玉璽，居然親自到濟南？」

「我讓靈秀回去稟報大王，準備用糧食跟唐一明換取玉璽，這樣一來，不用再損兵折將，我軍也可以大張旗鼓地去攻打段龕了，等解決掉段龕，我軍再回過頭來對付唐一明。到那時，我一定要圍死他，不剿滅他，這片土地將永無寧日，他也勢必會成為我大燕的後患。」慕容恪道。

慕容霸猶疑地道：「四哥，真的要換取玉璽嗎？」

慕容恪點點頭，道：「大燕的糧食來源都在幽州，如今幽州地區大旱，百姓顆粒無收，連年的戰爭也致使大燕早年的屯糧日益減少，這種情況在短時間內是無法恢復了，唯一的辦法莫過於以戰養戰。段龕在青州經營數年，將搶來的財物和糧食全部屯在廣固城裏，據悉糧草有百萬石，如果我們能盡快攻下廣固，一部分糧草分給百姓，另外一部分則可充入軍庫，作為征伐秦國之用。」

「四哥，你總是比我想得深遠，我不如你。」慕容霸道。

慕容恪繼續說道：「如果大王也能同你一樣聽取我的意見的話，那就好了，玉璽只是一個象徵，晉朝的皇帝沒有玉璽，不是照樣當了那麼多年嗎？只要有實力，玉璽只是一個擺設而已，起不到任何實質作用。大王逼我奪玉璽逼得那麼緊，肯定是慕容評那個老匹夫在背後搗亂，等我平定了中原，我一定要死諫大王，請他暫時放棄攻打秦國的打算，外結晉朝，內修德政，發民眾屯田，三五年內略有小成，到那時，錢糧充足，再發兵攻打秦國不遲。」

「四哥，此乃上乘的治國之道，小弟實在佩服得緊。」慕容霸誇道。

慕容恪搖搖頭，道：「五弟，你的才華不下於我，文韜武略更勝我一籌，如果大王可以不計前嫌重用你，你我兄弟二人，一個在外，一個在內，少則十年，多則二十年，何愁天下不定?!」

慕容霸恨恨地道：「哼，只怕大王的眼裏是容不下我了，若不是四哥一直從中周旋，我也決計不會活到現在，只是四哥如此做，卻惹怒了大王，害你被卸去一半兵權。四哥，我真的怕有一天你不在了，大王容不下我，我會做出對不起大燕的事情來！大伯就是前車之鑒……」

「五弟，不許你胡說！大伯是大伯，你是你，當年遼東尚處在紛亂當中，大伯雖然離開了慕容氏，心裏卻一直是向著慕容氏的……父王為當年做錯的事情也後悔不已。道明，我等都三十幾歲的人了，日子一天一天地過去，我們也一天一天地老去，不管以後我在不在，你都要記住，你是大燕的人，就要做大燕的鬼！」慕容恪抓住慕容霸的手，誠摯地說。

慕容霸目光迷離，淡淡說道：「難道慕容儁要殺我，我也伸長了脖子讓他殺嗎？」

「道明！你記住，你生是大燕的人，死便是大燕的鬼。我在一天，大王就休想動你一根寒毛。我要是先你而去，你也決不能做出對不起大燕的事情來。你面對的是大燕，不是慕容儁！你效忠的也是大燕，不是燕王！大燕幾代人的拼搏和奮鬥，我不希望毀在你我的手上！」慕容恪沉重地說。

慕容霸沒有說話，淡淡地笑了笑，目光卻顯得很是無奈。

「以四哥的才華和在大燕的權力，完全可以取代慕容儁。以前，我不知道為什麼四哥會一直這麼甘心聽令於慕容儁，現在我懂了。原來四哥所做的一切，都是為了大燕。」慕容霸心中不禁思緒萬千。

太陽下山時，天邊現出火紅的雲霞，十分的美麗。

唐一明和士兵們打掃了一下戰場，他派出去打探的人回報說燕軍停留在十里坡，他便想去會會慕容恪。

唐一明找來王猛，對他說道：「軍師，如今燕軍敗走，卻在十里坡休息，看樣子似乎在等待什麼，眼看天色就要黑了，我想去一次十里坡，打探一下燕軍的口風，看看燕軍願不願意用糧食跟我們換取玉璽。你認為怎麼樣？」

王猛沉吟道：「主公是一山之主，不可輕易犯險，屬下願替主公前去。」

「不行，我要是不去的話，恐怕顯示不出我軍的誠意來。再說，我只是去試探一下口風，又不是和他們打仗，不礙事的。」唐一明道。

王猛憂慮地道：「主公，我看這樣吧，一師還停在山下，主公可以帶著一師前去，也好有個照應。」

「燕軍只距離這裏十里，我軍又都在這兒，就算他們想殺我，也得追上我也行；如果帶著大軍前去，行動起來未免不方便，反而會讓燕軍以為我們是前去挑釁，萬一打起來，吃虧的可是我們。慕容恪的連環馬陣我見過，那種陣形一旦被圍住，很難突破，軍師和各將官待在這裏，我帶著陶豹和三名騎兵去就可以了。」唐一明果斷地說。

「主公，這樣做恐怕不妥吧？萬一燕軍看主公人少，一擁而上的話，那可就糟糕了。」王猛還是擔心不已。

「哈哈哈！放心，慕容恪不是一般人物，非常人物就要用非常的手段來對待，這樣的人往往有一個特點，那就是多疑，我若是只帶四個人去，他肯定會以為我有什麼詭計，不敢輕舉妄動，要是帶部隊去的話，反而會引來他的攻擊。陶豹！」唐一明大聲道。

陶豹從一旁走了過來，問道：「主公，喚俺何事？」

「你去牽五匹馬來，再找三個身手敏捷的士兵，咱們一起去探望一下燕軍。」唐一明令道。

陶豹應聲去叫來三個士兵，然後牽馬準備出發。

「主公既然去意已堅，那屬下就不阻攔了，屬下和全軍將士在這裏等候著主公歸來。」王猛道。

唐一明點點頭，便和陶豹等五人一起向著十里坡前去。幾人走後，王猛則下令所有的士兵嚴陣以待，以備不測。

慕容恪和慕容霸在十里坡靜靜地等著慕容靈秀帶來消息，可是一個多時辰過去了，慕容靈秀卻沒有回來，等來的卻是唐一明等五騎。

哨探發現唐一明等人，火速趕回十里坡報告。

「啟稟大將軍！從泰山來了五名騎兵，領頭的便是賊首唐一明。」

「五騎？來得正好！四哥，我去把他擒來，抓到了他，就能讓泰山賊寇交出玉璽了！」慕容霸的臉上現出喜悅，一下子從地上站了起來。

慕容恪不放心，懷疑地問哨探道：「你看清楚了，真的只有五個人？」

哨探回道：「確實是五個人！」

「四哥，你在這裏好好歇息，看我去把他擒來！」慕容霸操起靠在樹上的方天畫戟，大聲說道。

慕容恪見慕容霸立馬要走，急忙叫住他，道：「五弟且慢！唐一明是個聰明的人，絕對不會輕易犯險，其中必定有詐，我和你一起去，看看他究竟想搞什麼鬼！」

慕容霸聽慕容恪說的很有道理，不好意思地道：「四哥，我又莽撞了。」

慕容恪笑道：「五弟，你不是莽撞，你是被唐一明給氣糊塗了。」

慕容恪和慕容霸披上戰甲，全副武裝，又叫來三名士兵跟隨，一起在軍隊的最前面等候。

唐一明和陶豹等五人騎著馬，慢悠悠地過來，老遠便看見等候的慕容恪和慕容霸。

「慕容大將軍，一個多時辰不見，可曾安好啊？」唐一明對慕容恪高聲喊道。

慕容恪聽到唐一明的話，回道：「唐將軍，托你的福，還沒有被曬死。將軍只來如此幾騎，就不怕我發兵將你射殺嗎？」

「哈哈哈！想殺我的人多了，我就是分成上千上萬個也不夠你們殺的，不過，我來可不是讓你殺的，而是想和大將軍談一筆買賣！」唐一明道。

慕容恪掃視了一下唐一明身後的樹林，並沒有看見任何動靜。聽到唐一明要談買賣，便道：「唐將軍可是為了玉璽而來？」

唐一明哈哈笑道：「慕容將軍聰明絕頂，一猜便中。不錯，我正是為了玉璽而來！大將軍是聰明人，泰山是個易守難攻的地方，短時間內，恐怕大將軍無法將其攻下，與其我們在這裏鷸蚌相爭，讓段龕得利，倒不如咱們兩家言和，我送出玉璽，你給我糧食，從此以後互不侵犯，如何？」

「你是想和我訂立盟約？」慕容恪狐疑地道。

唐一明道：「我唐一明沒有什麼雄心壯志，只想給我的部下一個安定的生活。我帶著民眾從黃河以北逃過來，見到泰山十分的清幽雅靜，很適合我們漢民居住，所以就留了下來。不曾想兵荒馬亂的，中原各處屍骨成堆，加上段龕又容不下我，我只能率領民眾起來反抗。大燕兵力強悍，志在天下，青州段龕未滅，中原大局未定，大將軍實在不應該為了我這個小小的芝麻而丟棄了整個西瓜，孰重孰輕，還請大將軍三思而行，我只求保住我的一畝三分地就可以了。」

慕容恪聽完唐一明的話，見他將形勢分析得很透徹，越發覺得他是個可怕的隱患，但是現在這種局勢，他也拿他沒有辦法。這場玉璽之爭，致使燕軍前後損兵兩萬有餘，段龕還沒有攻打下來，兵力便已經耗損如此之大，確實令慕容恪的心中隱隱作痛。

「唐將軍，我大燕帶甲百萬，精兵悍將更是數不勝數，大勢所趨，天下早晚是我大燕的囊中之物。唐將軍既然想要安定的生活，為什麼不率眾投靠我大燕？燕國境內漢民無數，都過著豐衣足食的日子，只要唐將軍歸降我大燕，我保證給你一片土地，封你做個萬戶侯，既免去了刀兵，也能過上安穩的日子，豈不美哉？」慕容恪動之以情地勸道。

「哈哈哈！大將軍說得不錯，不過，我只想在這裏占山為王，過著逍遙自在的日子，大將軍的美意，我心領了。」唐一明回絕說。

慕容恪嘿嘿笑了聲，道：「唐將軍，魏國已經滅亡，投降我大燕的魏國子民多不勝數，我大燕一向以仁義治國，與民秋毫無犯，可比南朝要好多了。」

「大將軍不用再多費口舌了，我生是漢人，死是漢鬼，絕不會受爾等蠻夷所統治，大將軍若是執意來攻的話，那我也只能奮起抵抗了。或許戰到最後終究是敗，但就算敗，也要敗得有尊嚴，我泰山上三十萬軍民誓與大將軍周旋到底，這裏只有斷頭將軍，沒有投降將軍！」唐一明厲聲說道。

慕容恪聽了，又氣又恨，當下怒道：「唐將軍，那我也不多費口舌了，咱們就開門見山地說吧，你此次前來，到底是想幹什麼？」

「呵呵，大將軍是個聰明人，我想幹什麼，大將軍心裏一定比誰都清楚！玉璽現在就在泰山，我想和大將軍換取三十萬石糧食，如果大將軍不同意的話，那我只好將玉璽送到南朝，雖然南朝規矩多了些，但至少是漢民之家，我帶著三十萬軍民和玉璽前去投靠，好處自然會比我和大將軍換的糧食要多得多吧？玉璽這玩意，在我這裏一文不值，可在某些人的眼裏，那就是個寶貝。大將軍，你還是考慮一下吧，我們現在是戰是和，全憑大將軍的一句話！」唐一明朗聲道。

「四哥，唐一明這廝欺人太甚了，只要四哥一聲令下，我就衝出去將他擒來。」慕容霸義憤填膺地道。

慕容恪見唐一明十分鎮定，不僅沒有一絲害怕的表情，反而自信滿滿，又見唐一明身後的陶豹一臉殺氣，其餘士兵也都是嚴陣以待，後面不遠處的樹林裏微微有人影晃動，便輕聲對慕容霸說道：

「道明，不可胡來，唐一明身為統帥，絕對不會以身犯險，他敢如此前來，必然有所準備，我大軍銳氣盡去，士兵疲憊，如果再戰的話，只怕會傷亡更大。」

慕容霸雙眼狠狠地盯著唐一明，沒有說話。

就在這時，慕容靈秀騎著她那匹火紅的戰馬從隊伍中奔馳出來，來到慕容恪而前。

她勒住馬韁，狠狠地瞪了唐一明一眼，對慕容恪小聲說道：「四哥，二哥同意用糧食換取玉璽，不過，只能給二十萬石。」

慕容恪略微點了點頭，隨即對唐一明喊道：「唐將軍！我軍糧食短缺，現在短時間內能籌集到的糧食只有十萬石，如果唐將軍同意的話，我明日即讓人送來糧食換取玉璽，不知道你意下如何？」

「十萬？哼！我要的是三十萬石，少一粒都別想拿回玉璽！」

唐一明見慕容恪和他討價還價，知道慕容恪已經願意換取玉璽了，便一口說道。

「唐將軍，如今兵荒馬亂，我大燕又遭逢大旱，以至顆粒無收，一時間我拿不出這麼多糧食，十萬石糧食已經不算少，足夠你們軍民食用兩三個月的了。」慕容恪故意哭窮說。

「給我三十萬石糧食，我就給你玉璽，否則的話，刀兵相見！」唐一明十分強硬。

慕容氏兄妹三人聽唐一明的語氣，都感到十分厭惡。

慕容恪強壓住心中不爽，說道：「唐將軍，我們各退一步吧，二十萬石糧食換取玉璽，你要是同意，咱們就換；不同意的話，只有兵戎相見了！我大燕並不是欺軟怕硬之輩，我若是調集十萬大軍來攻，不出半月必定能夠攻下泰山將你剿滅，這二十萬石糧食，已經是我大燕對你的寬容了，換不換，只憑你的一句話！」

唐一明聽慕容恪的態度突然也強硬起來，頗有一番與他魚死網破的意思，心想：「他娘的，老子回去後，定然要弄出火藥來，有了火藥，老子就是天下無敵的軍隊，任你十萬還是二十萬大軍，老子統統把你給轟成肉醬！二十萬石糧食就二十萬石吧，有總比沒有強，拿著玉璽又不能當飯吃！」

「哼！老子就跟你換吧！二十萬石糧食，你什麼時候運來？」唐一明道。

慕容恪道：「明日正午，我親自前來送糧，你把玉璽準備好，要在什麼地方換，你說？」

唐一明尋思了一下，道：「就在泰山山道的入口處！明日恭候大將軍大駕！」

慕容恪道：「好！一言為定！」

唐一明瞄了慕容靈秀一眼，見她目光中充滿了對他的恨意，便嘻皮笑臉地說道：「小郡主！泰山上風景清幽，環境優美，山水相間，如此的大熱天，實在是個避暑的好地方，不知道郡主願不願意跟我到山上走一遭啊？」

慕容靈秀早已恨得咬牙切齒，聽到唐一明此番油嘴滑舌的話，當即怒道：「你個大混蛋，日後我一定要親手殺了你，以解我心頭之恨！」

唐一明哈哈笑道：「日後的事，那就難說了，不過，我現在就在這裏，你過來殺我吧！」

慕容靈秀雙腿夾著馬肚，剛準備躍出，便見慕容霸騎馬擋在她的前面，她氣憤地道：「五哥，你讓開，我要過去殺了那個混蛋！」

慕容霸將手中方天畫戟一橫，喝道：「他這是故意用話激你，難道你還想再被他俘虜一次嗎？給我回去！」

唐一明趁勢道：「慕容大將軍、慕容小將軍、慕容小小郡主，在下告辭了，明日正午，在下在泰山山道腳下設宴等候三位，還望三位務必要來吃喝一番哦，也算是在下感謝三位的送糧之恩！」

說罷，唐一明沒有等慕容氏三兄妹回答，便調轉馬頭，一路朝泰山奔去。

唐一明和陶豹等人奔出三里之遙，便看見從樹林中湧出幾百騎兵，領頭的是黃大，訝異地道：「大黃，你怎麼會出現在這裏？」

黃大道：「主公，軍師擔心慕容恪會對你有什麼行動，所以特派屬下帶著幾百士兵遠遠地跟在主公後面，以備不時之需。」

唐一明聽了，才恍悟慕容恪幾次露出凶光，似乎想殺他，卻又不敢有所行動，原來是王猛的疑兵之計起了作用。

「軍師疑兵之計果然高超，今日我們強強聯手，硬是將慕容恪給擊退了，哈哈哈！」唐一明高興地道。

回到泰山，唐一明留下一個師的兵力把守要道，其他士兵則全部退回泰山山上，等明日換糧時再全體出動。勞累一天的士兵們回到泰山後便各自休息，養精蓄銳，以迎接次日的換糧行動。

唐一明回到將軍府，李蕊便關心地道：「老公，明日換取糧食，須得多加小心才是，燕軍狡詐，不得不防啊。」

唐一明「嗯」了一聲，自從和李蕊成親後，兩人無話不談，又一起學習兵法，已經成為亦師亦友、親密無間的一對夫妻。

「今日之戰真憋屈，沒有能真正地擊敗燕軍，只是把燕軍逼退而已，如果真正的擊敗了燕軍，恐怕慕容恪會真拿三十萬石糧食來換取玉璽呢。明日換取糧食也不能掉以輕心，天知道這是不是慕容恪的奸計？總之糧食一日不到手，我們就得提防一日。」唐一明緩緩說道。

李蕊建議道：「老公，那你要不要和軍師商量商量明日的事啊？」

「唔，是應該去和軍師商量一下，小心無大錯。」唐一明便徑直朝將軍府外走去。

到了王猛家，唐一明見王猛愁眉苦臉地，便道：「軍師，你這是在幹什麼？為什麼愁眉苦臉的？」

王猛見唐一明來了，便道：「主公，你來得正好，屬下有些事想不明白，懇請主公賜教。」

唐一明不禁說道：「能難住軍師的問題，那一定是個大問題，軍師，你儘管說，看我能不能解決。」

王猛眉頭緊皺，說道：「主公，慕容恪答應換取玉璽，你不覺得答應得太過爽快了嗎？」

唐一明聽了，說：「軍師，你是擔心其中有詐？」

王猛點點頭，道：「我擔心慕容恪是以此為藉口，暗中佈防，準備偷襲我軍。」

「你和我想的一樣，所以我才來找你，看看明天要如何安排，怎麼換糧才最安全。」唐一明道。

「以屬下之見，如果慕容恪是真心想換取玉璽的話，明日必定會帶著大軍而來；如果不是，就會帶著少許部隊前來。但不管他是不是真心的，咱們都要暗中佈防，小心為妙，不能落入了慕容恪的圈套。」

唐一明思索道：「軍師，你說的對。明日換糧的地方在泰山的入山山道上，咱們先讓他退兵二十里，你們好將糧食搬運過來，二十萬石糧食可不是一車兩車能運完的，沒有半天的活怎麼可能運得完，因此明日將青壯百姓都帶到山下好搬運糧食，這樣速度會快點。」

「主公，可再準備一支勁旅，一旦敵軍有變，咱們也好有對應的手段。」王猛補充道。

唐一明點點頭，對王猛道：「軍師，你好好休息，咱們明日一早便開始準備，一定要萬無一失。」

第十章

創造奇蹟

「主公是不一般的人物，從我跟隨主公那刻起，
就從主公的身上不斷地看到奇蹟，所以我相信主公！」
金勇滿眼崇敬地說道。
唐一明聽了哈哈笑道：「因為我本身就是一個奇蹟，
所以在我的身上能創造出許多奇蹟！」

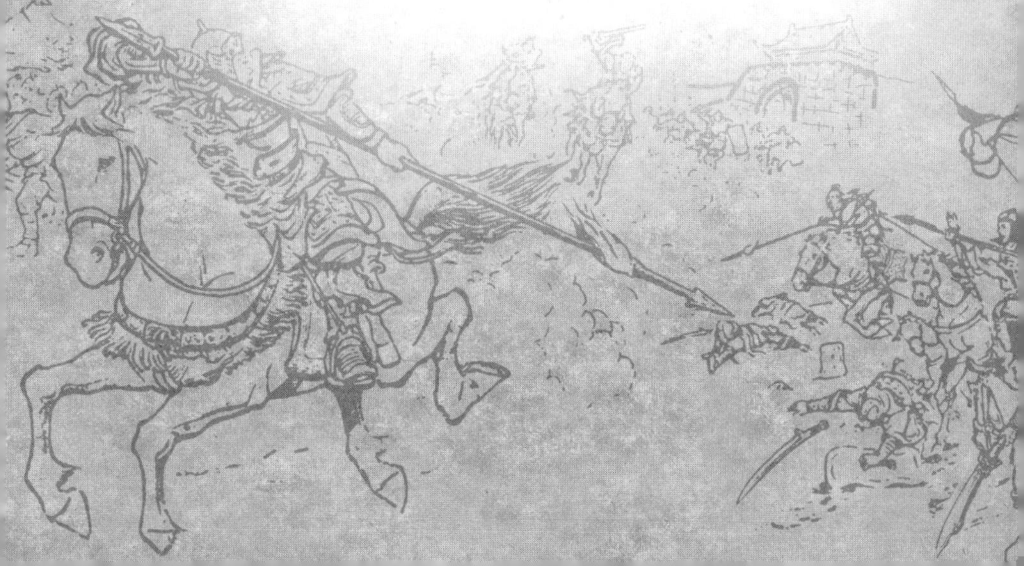

濟南城中，燈火通明，整座城池無不歡欣鼓舞，士兵臉上都洋溢著喜悅之情，一點都沒有因為這兩天陣亡了兩萬多士兵而感到傷感。原因只有一個。那就是燕國的大王秘密到了濟南城，美其名為勞軍，並且讓全軍將士歡飲一夜。

兩日來，濟南城連續進行了大小三次戰爭，兩次小戰的失敗，沒有使燕軍蒙上陰影，因為他們之前已經大勝了一場，不僅斬獲了齊軍主將段龕，更是全殲齊軍五萬大軍。如此大的勝利，讓剛剛到來的燕王感到非常的開心。

太守府裏，燕王慕容俊端坐在高位上，身後站著兩名特旗使，面前擺放著酒肉，端起手中的酒杯，高高舉起道：「眾位將軍，你們在前線打仗辛苦了，來，今天本王就敬你們一杯。」

慕容恪、慕容霸、慕容靈秀等人，都一同舉起了手中的酒杯，與慕容俊將杯中的酒一飲而盡。

慕容俊身上穿著華貴的服飾，在燈火的映照下，他的容貌顯得特別的清秀而又典雅，下巴上帶著一小撮鬍鬚，乍看之下，宛如一個儒雅的士族子弟。不過，若是細看，就會發現他身上的那種高貴的君王之氣盡顯眼前。

慕容俊放下酒杯，一臉笑容地道：「玄恭、道明、靈秀，今天我們一家人都在這裏，陽老和楚季也非外人，其他將軍更是我們大燕的良將，本王能有你們這些大將在前線，已經很知足了。來來來，本王再敬爾等一杯！」

「多謝王上！」

第二杯酒飲下肚之後，慕容俊緩緩說道：「玄恭，泰山上的那夥賊寇真的那麼厲害嗎？居然連你都攻打不下？」

慕容恪急忙回道：「王上！泰山上的民眾多半都是冉魏亡民，他們在唐一明的帶領下，從黃河以北不遠千里渡河而來，佔據泰山已經長達數月。段龕曾經多次派兵圍剿，均被其擊敗，其實力和軍隊的戰鬥力實不能小覷。泰山易守難攻，如果王上多給我一點時間的話，我一定能夠擊敗唐一明，掃平泰山周圍。」

慕容俊聽了，淡淡說道：「烏合之眾，不足為慮。我們眼下的要務是趕緊剿滅段龕，從而佔據青州，然後揮師中原，以此為基礎，向西滅秦平涼，不出三年便可統一北方，也可以成就我大燕的王霸之業。玄恭，你是我大燕的將才，是三軍的統帥，可要顧全大局，不要因小失大啊。」

慕容恪聽了慕容儁的話，沒有回答，眼睛裏略微顯得有些落寞。

慕容儁接著說道：「玄恭，明日你趕緊將糧食運去，把傳國玉璽換回來，只要咱們大燕擁有了傳國玉璽，就能夠獨立為尊，從而擺脫南朝，名正言順地入主中原，以爭天下。我希望你不要因為那一點點糧食而懊惱，糧食我大燕不缺，拓跋氏的代國不是還答應給我們每年納糧嗎？我聽說段龕這些年沒有少囤積糧食，只要滅了段龕，還愁沒有糧食嗎？那些泰山小賊都是碌碌之輩，手上有大軍卻不去搶佔城池，一味龜縮在山林裏，這等烏合之眾根本無需掛齒，等你滅了段龕，隨便留下一個偏將和數萬兵馬就能圍剿，何必現在勞心費神呢？」

慕容恪臉上略微顯得有些無奈，但是又不能不答，便拱手說道：「王上言之有理，我必定竭盡全力完成我大燕的王霸之業！」

慕容儁聽到慕容恪的話，哈哈地笑了起來，然後站起身子，端起一杯斟滿的酒，走到慕容恪的身邊，拍了拍他的肩膀，開心地說道：「玄恭，這才是我的好四弟啊，糧食暫且從你的軍中撥出，少的那些糧食，我改日差人雙倍送到你的軍中。只要咱們兄弟齊心，何愁天下不定？來，乾！」

慕容霸看到這一幕，心中頗不是滋味，心道：「二哥越是器重四哥，四哥就越會更加忠心輔佐二哥，真不知道是喜還是憂？唉！」

慕容儁和慕容恪同飲下肚，慕容儁又扭臉對慕容靈秀說道：「靈秀，明日玉璽之事一了，你就跟我回薊城，一個大姑娘家的，整日泡在男人堆裏，成何體統！」

「二哥，我不回去，我要和四哥和五哥在一起，一起為大燕出力！」慕容靈秀反駁道。

慕容儁厲聲道：「胡鬧！你是堂堂的大燕國郡主，老是拋頭露面的怎麼行！你看看那些漢家女子，有哪個像你這樣的？」

「她們是她們，我是我，我是鮮卑人，不是漢人！」慕容靈秀抗議道。

慕容俊知道自家妹子性子剛烈，他之所以要讓慕容靈秀回去，無非還是為了那樁婚事。鮮卑拓跋氏的代國主動請求歸附大燕，並且聲稱世代聯姻，永不背離；慕容俊出於考慮，決定將慕容靈秀遠嫁到河套地區的代國，將她看成安撫代國的工具。

河套地區草肥水美，代國又是河套地區的霸主，帶甲鐵騎不下八萬，慕容俊之所以同意聯姻，就是想利用代國來牽制關中的秦國，使他進入中原的時候無所障礙；只是慕容俊尚未定下婚期，慕容靈秀就跑了出來，無論他的特旗使怎麼傳喚，慕容靈秀就是不歸。

此次慕容俊秘密到濟南來，一是為了玉璽，二是為了慕容靈秀，想把她帶回薊城，然後等代國那邊的消息，選定日子將其嫁出去，以達到政治聯姻的目的。

慕容俊見慕容靈秀當眾反抗，雖然氣在心頭，卻也無可奈何，他就這麼一個妹妹，自小就愛護她，捨不得打，捨不得罵；何況此次他還有求於她，就更加需要勸慰，而非動怒。

「你當真不願意回去？」慕容俊望著慕容靈秀，輕聲問道。

慕容靈秀點點頭，道：「咱鮮卑人說話從來說一不二，我說不回去，就不回去！」

慕容俊責備道：「難道你連母親都不要了嗎？母親自你走後，便日夜思念你，現在已經臥床不起了，只求能夠見你一面，你就忍心讓母親這樣受苦嗎？」

慕容靈秀聽了，驚叫道：「二哥，你說什麼，母親病了？」

慕容俊點點頭。

「母親因我而病，我又怎麼能不回去探望母親呢？只是，二哥此來必定是想把我抓回去，讓我去嫁給一個我根本不認識的人，我……我該怎麼辦？」慕容靈秀心想。

「二哥，讓我回去也可以。只是，有一件事你必須先答應我！」慕容靈秀想了半天，這才說道。

慕容俊問：「什麼事？」

慕容靈秀道：「我回去之後，你絕對不能逼著我嫁人！不然的話，我就不回去。如果你逼我，我就死在你的面前。」

慕容俊心想：靈秀性格好強，我若不答應，她就不會回去；只要她回去了，一切都好辦，婚姻大事也由不得她做主了。」

「好，我答應你！」慕容儁斬釘截鐵地說道。

慕容靈秀當即道：「二哥，你是燕王，一諾千金，在場的人都聽到了，你可千萬不能反悔！」

慕容儁掃視了一下眾人，說道：「本王向來言而有信，你明天就跟我回去見母親。玄恭，一會兒筵席散了，你就準備好明天換玉璽所用的糧食，本王在這裏等候你的消息！」

慕容恪道：「是，王上！」

慕容恪帶著燕軍走了，留下來的是那二十萬石完整無缺的糧食，帶走的卻是一塊沉甸甸的傳國玉璽。之後，燕軍再也沒有來攻打過泰山，只在濟南城留下了少數的一萬軍隊，其餘軍隊盡皆包圍了段龕的廣固城。

東晉永和八年，得到傳國玉璽的燕王慕容儁稱帝，建都於薊城（今北京），公然撕破臣服於晉朝的面具，露出了鮮卑異族貪婪的嘴臉。

就在慕容俊稱帝的當天，泰山上卻是格外的安靜，絲毫沒有戰後勝利的驕狂之氣。

今夜的夜空格外的美麗，沒有月亮，天空中繁星點點，在這麼美麗的夜空中，一顆流星從天而降，瞬間殞落。

流星的殞落預示著冉魏帝國的昔日之威不在，一個短命的王朝也徹徹底底地覆滅了，而做為曾經的強勁對手，燕國的大旗插遍了冉魏原來的屬地。

唐一明此時端坐在將軍府裏，在微暗的燈光的映照下，顯得頗為憂慮。

四處一片寂靜，唐一明獨自一人坐在那裏發呆。

自打和慕容恪換取糧食後，唐一明就以冉閔繼承者的名義給南方的晉朝寫了一封信，希望晉朝能夠北伐，並且將燕王稱帝的消息提前送到晉朝。可是半個月過去了，送信的人早回來了，卻左盼右盼仍然沒有晉朝的一點訊息。

這時從門外走進來一個人，見到唐一明，敬了一個軍禮，道：

「主公，晉朝還沒有回音嗎？」

唐一明抬起頭，看了看那個人，訝異地道：「金勇啊，你怎麼來了？」

來的人正是金勇，因為他和王羲之是師兄弟，王羲之又是晉朝的右將軍，多少有點門路，所以在唐一明讓王猛寫好書信之後，便將信交付給了金勇，讓他送到晉朝，通過王羲之遞交到晉朝掌權的人手裏。

「主公，我來看看，想知道有沒有什麼消息。」金勇道。

唐一明搖了搖頭，說道：「沒有，暫時還沒有任何消息。」

金勇疑慮地說道：「這就奇怪了，我騎著快馬不敢耽誤，一路奔波，親手將信交到我師弟手中的。」

唐一明苦笑道：「再等等吧，估計晉朝正在準備北伐的事情，只是秘而不宣罷了。對了，我讓你帶領人收集的硫黃、硝石、木炭，你都收集得怎麼樣了？」

金勇道：「已經收集得差不多了！」

「那就好，等這兩日士兵將東西運回山上，我就讓你們看看什麼是先進的武器。」唐一明舒了一口氣，說道。

「主公，主公，大喜啊！」

一個聲音從門外傳了進來。

唐一明聽著這聲音便已經知道是誰了，還沒有看見那人走進屋子，便急忙說道：「李老四，有什麼大喜？」

來的人正是李老四，他從黑暗中走了進來，臉上顯得十分的高興，進門之後便急忙說道：「啟稟主公，東安郡大捷，我軍一千人擊敗了段龕的兩千軍隊，掠得糧食和財物回來了，並且師長還帶回五百戶百姓！」

唐一明聽完之後，哈哈大笑起來，高興地道：「太好了，這半個月裏，我軍接連大勝，掠得糧食和財物也頗為豐富，真是太好了，黃大現在在哪裡？」

「師長讓我先行回來通報，他帶著那五百家民眾還在後面，連夜趕回。」李老四道。

唐一明站起來，走到李老四的身邊，拍拍李老四的肩說：「老四，走，咱們去迎接黃大去！金勇，你也一起來！」

燕軍退後，慕容恪將大軍包圍了廣固城，段龕的青州部隊回防，十幾萬部隊一大半都進駐了廣固城，只在其他各地留下了少許的兵力。唐一明趁著燕軍和齊軍交戰之際，派出許多小股兵力，散佈在泰山南部、東部和西部的周邊郡縣裏，一方面動員留守的居民前來投靠，另外一方面則趁著戰亂搶掠齊軍的物資。

半個月的時間裏，唐一明派出的小股兵力皆以團為單位，一個團到了一個地方，由他們的團長帶領著搶掠青州南部的齊軍，接二連三地能得到大勝的消息。

泰山上也在不斷地發展壯大，唐一明制定了一個現代化的障礙訓練基地，讓那些娘子軍再進行加強訓練，因為上次的戰鬥中，死傷最多的就是娘子軍。王猛則努力發展內政，又建立起幾個大糧倉，將鐵礦廠、煤礦廠、兵工廠以及五個局都治理得井井有條。百姓們也都幹得熱火朝天，漸漸習慣了這裏的生活，頗有一番安居樂業的景象。

唐一明還開設了軍事學院，只要願意學習的，就可以報名，由王猛任主教，教授他們兵法和戰術。黃大只經過了五天的培訓，便已經略有小成，獨自帶兵在外，取得了三次勝利，掠得齊軍的物資頗多，儼然成為一個可以獨當一面的將軍了。

唐一明為黃大的凱旋設下了一個接風酒宴，把以前從敵人那裏繳獲來捨不得喝的酒給搬了出來，讓這些士兵也開懷暢飲了一番。原本安靜的泰山，一下子便變得熱鬧起來。

第二天一早，唐一明讓金勇將這些天他派人收集而來的硫黃、硝石、木炭運到山上，準備製作火藥。

自從燕軍走後，唐一明便一直在想著這件事情，在冷兵器時代，要是研製出火藥，就等於擁有了先進的武器，他的部隊從此將成為天下無敵的軍隊，任誰來了，他也不怕。

火藥由硫黃、硝石、木炭混合而成，是中國古代的四大發明之一，它同造紙術、印刷術、指南針等的發明一起推進了中國和世界文明的發展進程。英國的哲學家培根曾盛讚火藥、印刷術和指南針是改變世界面貌的三大發明。

那麼，在中國是誰首先發明了製造火藥呢？在我國的古代文獻與民間傳說中，火藥的祖師爺可以說出一大堆人名來。傳說時代的祝融，因為被奉為火神，而火藥正是由他管轄，因此是第一位火藥祖師；三國時的馬均，因為傳說他發明鞭炮，晉代的葛洪與唐代的孫思邈則是精通煉丹術，因此也名列火藥祖師爺的排行中。可是現在，唐一明來了，這個祖師爺的稱號就落在他的身上了。

唐一明按照不同分量進行配製，然後將配製好的火藥用火引子點著，可是一連點了十幾個，沒有一個成功的。

「他娘的，老子怎麼會那麼倒楣，製造個火藥還不成功！」唐一明在看到最後一個火藥也失效之後，忍不住罵了出來。

金勇和陶豹一直待在唐一明的左右，見唐一明搗鼓了一上午這玩意，卻沒有一個成功的，也顯得有點垂頭喪氣。

「主公，你搗鼓這玩意一上午了，接二連三地點燃了這麼多，卻只發出不同的煙霧來，你到底在搞啥玩意啊？俺怎麼看不明白呢？」陶豹聽到唐一明的罵聲之後，不禁問道。

唐一明解釋說：「這叫火藥，是個厲害的玩意，只要將火藥研製成功了，就可以用它做成炸藥。炸藥你懂嗎？……唉，跟你說你也不懂，還是我給你解釋解釋吧。」

說著，便從地上拿起了一塊不大不小的石頭，握在手裏，對陶豹說道：「這個石頭大不大？」

陶豹搖搖頭道：「小得跟屁一樣，還沒有俺的拳頭大！」

唐一明又問：「那你說這麼小的石頭，有可能會一下子打死十個人嗎？」

「不可能！石頭丟出去只能砸中一個人，況且，這麼小的石頭連一個人都砸不死，別說十個人了。」陶豹不屑地說。

唐一明道：「嗯，你說得沒錯，別說這麼小的石頭，就是和你一樣大的石頭也不可能一下子砸死十個人。可是，同樣大小的炸藥卻能在瞬間炸死最少十個人，你可想像它的威力有多麼驚人了！」

「哈哈哈！主公，你吹牛！這不起眼的東西居然能夠炸死十個人？這玩意兒除了會冒點煙外，還能幹什麼？俺一點都不信！」陶豹大聲笑道。

金勇卻說道：「主公，我信！」

陶豹急忙問道：「你為啥信？」

「主公說的每一句話我都深信不疑，主公更是不一般的人物，從我跟隨主公那刻起，我就從主公的身上不斷地看到奇蹟，所以我相信主公，也相信主公說的炸藥！」金勇滿眼崇敬地說道。

唐一明聽了之後，哈哈笑道：「陶豹，金勇說的非常對，你應該相信我，因為我本身就是一個奇蹟，所以在我的身上能創造出許多奇蹟！」

陶豹撇撇嘴道：「主公，不是俺不信你，而是俺相信眼見為實，除非你真的讓俺見到你說的那個什麼炸藥的威力，否則俺不相信。」

「那咱們來打個賭吧。」唐一明道。

「賭就賭，賭什麼？」陶豹不以為意地說。

唐一明嘿嘿笑道：「這裏就咱們三個人，由金勇作證，若是我讓你見到了炸藥的實力，你就天天去給我刷夜壺，每天到後山的糞池裏去挑糞，給莊稼施肥，如何？」

「好！要俺給主公刷夜壺，那是俺的榮幸！那要是主公輸了呢？」陶豹反問道。

唐一明爽快地說：「呵呵，我要是輸了的話，我就天天幫你洗腳！」

陶豹得意地說：「好，咱們一言為定！」

「一言為定！」唐一明道。

「我作證，都不許反悔！」金勇接話道。

三人說定之後，唐一明便重新配製火藥，將三種不同材料的分量或者加大或者減少，一共配製出三十七種不同的比例。

唐一明絞盡腦汁想在這三十七種不同的比例中找出對的火藥配方。他一邊配製，一邊記錄，將不同的心得都記錄下來，現在只等著點燃了。

「主公，俺已經將這三十七個玩意給擺放好了，啥時點燃？」陶豹手中舉著火把，大聲地問道。

唐一明抬頭看了眼天空，見太陽跑到自己的頭頂上，已經是正午時分了，便道：「現在點吧，然後咱們就去吃飯！」

唐一明話音一落，陶豹便拿著火把挨個地將火藥點燃。

一個……兩個……三個……

唐一明看著一個又一個被點燃的火藥，都沒有能夠令他滿意的，他的臉色也越來越難看，氣得將那些記錄給踩在腳下。

當第三十六個火藥被點燃後，唐一明的心也徹底地失望了，自語道：「難道我真的沒有天分？配製不出火藥來嗎？」

「主公別洩氣，一會兒吃完飯再接著試，主公不是說過嘛，失敗是成功他媽，既然如此，多弄出幾個媽，就不信生不出個兒子來！」金勇在一邊安慰道。

「哎，希望如此吧！陶豹，走了，去吃飯了！」唐一明喊道。

陶豹拿著火把，站在最後一個火藥面前，他的心裏早就心花怒放了，聽到唐一明叫喊，見唐一明和金勇要離開，不禁用輕蔑的眼神看了最後那個火藥一眼，又朝地上吐了口口水，然後隨手將火把丟在那個火藥的引線上，便朝兩人走去。

唐一明見陶豹興高采烈的，問道：「陶豹，你怎麼那麼開心啊？」

陶豹喜滋滋地說：「主公，你馬上就要賭輸，給俺洗腳了，俺能不開心嗎？俺可一直……」

陶豹的話還沒有說完，便聽見背後「轟」的一聲巨響，一股極大的衝力將他推翻在地。他沒有防備，向前翻滾了好幾下才停下。

「媽的！誰敢暗算老子？」陶豹從地上翻滾起來，大聲地罵道。

卻見唐一明表情興奮不已，他抱住金勇，高興地道：「太好了，皇天不負有心人，失敗終於把兒子給生出來了！」

陶豹聽到唐一明的叫喊聲，拍了拍屁股上的灰塵，走到唐一明身邊，問道：「主公，誰要生兒子啊？」

唐一明鬆開金勇，對陶豹笑道：「你要挑糞了，還要給我刷尿壺，可不許抵賴哦！」

陶豹臉上一怔：「主公，該不是火藥真的研製出來了吧？」

「是啊，陶豹，你看！」金勇指著剛才點燃火藥的地方說。

陶豹一看，見地上有個坑洞，不解地摸著腦袋說：「奇怪，地上怎麼有個坑啊？」

「那是爆炸造成的，還好你當時離它有段距離，不然肯定會被炸傷。行了，咱們去吃飯吧，吃完飯，我要繼續製造炸藥，也讓你開開眼界！」唐一明走了過來，拍了拍陶豹的肩膀道。

火藥的研製成功，對唐一明來說無疑是個天大的好消息，有了火藥，就等於率先進入了火器時代，他將從此笑傲群雄。

在簡單地吃過飯後，唐一明便按照比例開始配製火藥，他將量加大，組裝成一個炸藥包。在後山一處空曠的山坡上，唐一明和陶豹、劉三、金勇趴在大岩石後面緊緊盯著。

「主公，為什麼要躲那麼遠？」陶豹不解問道。

唐一明道：「笨蛋，你要是站得太近，就會被炸得稀巴爛！」

「哦，真的有那麼厲害嗎？」陶豹懷疑地說。

唐一明點點頭，道：「上午那麼少的分量就把你給弄倒在地了，這回可是一個實實在在的炸藥包，不躲得遠點怎麼行?!劉三，可以開始了！」

劉三應聲，從腰上繫著的箭囊裏取出一支長箭，然後裹上油布，點燃後，拉弓將箭射出。

「嗖！」被點燃的火箭劃破長空，徑直衝了出去。

「劉三，快趴下！」唐一明見劉三還站得直直的，急忙喊道。

劉三聽到呼喊，趕忙趴下躲在岩石後面，只露出兩隻眼睛，看著那支飛出去的火箭。

火箭落地，引燃了地上的引子，嗤嗤的聲音響起，火藥引子迅速向前蔓延，最後燃燒到炸藥包與地面相接的地方。

「轟！」一聲巨大的響聲猶如滾雷，炸藥包周圍的岩石被炸得四分五裂，巨大的衝擊力掀起了周邊的小石頭塊，連同石屑一同飛騰起來。

唐一明臉上露出滿意的笑容，陶豹、劉三、金勇三人則是驚愕不已，他們甚至能感受到大地也為之震動。

「哈哈哈！太好了，我要的就是這種威力！」唐一明等到塵埃落定，站直身子，歡快地拍起手叫道。

陶豹一副崩潰的表情說：「完了，俺真的要給主公刷尿壺了，唉！」陶豹沮喪地說道。

唐一明呵呵笑道：「願賭服輸！不過，我的尿壺就不用你刷了，你這兩天跟農業局長王勇去挑兩天大糞灌溉農田，就算是做為賭輸的懲罰啦。」

陶豹委屈地說道：「是，主公，俺知道了。」

唐一明拍打著身上的灰塵，交代金勇道：「你拿著這個配方，讓軍師招募一些專職的工人，然後由你親自教授他們；多配製一點炸藥，以後再戰鬥的時候就可以用了。」

金勇立即應道：「主公，我這就去找軍師。」

唐一明點點頭，對陶豹說：「你去找王勇挑糞去！」

劉三在一旁問道：「主公，那我呢？」

「你跟我去視察女兵和童子軍的訓練。」唐一明回道。

東晉穆帝永和八年，八月十三。

酷暑遠去，天氣轉涼，漸漸迎來涼爽的秋天。

燕軍和齊軍的戰爭已經打了一個月，進入持久戰的階段。關注這場戰事的，不僅僅是燕國和齊國，還有一直默默觀戰的唐一明。

這段時間，唐一明趁著燕軍和齊軍大戰，派出小股兵力深入青州境內攻擊段龕在其他郡縣的軍隊，連連獲勝，青州與泰山接壤的幾個郡縣，胡人盡數退走，唐一明解救出一萬多名遺留的漢民，將他們帶回泰山。

八月十四，陰天。

唐一明苦苦等候晉朝的回音，卻始終得不到答覆，就連老天也陰著臉，似乎替唐一明感到鬱悶。

訓練場上，兩萬女兵認真地訓練著。與燕軍的戰鬥讓女兵損失了一千多人，唐一明從預備役裏補齊了兩萬人，並且加強體能和反應能力的訓練。

他融入現代體育運動的設施，建立新的訓練場地，踩梅花樁，跳鞍馬，過獨木橋，翻越高牆，匍匐過鐵絲網……主要是訓練女兵的體能和反應能力。

每天都讓女兵們進行集訓，一個月下來，女兵們基本上都能從容地完成這些訓練設施，身手變得更敏捷。

對於女兵，唐一明覺得已經差不多了，便加強讓女兵去熟悉各種兵器的用法和戰鬥流程。

由於男女體能的差異，唐一明還分別設計了適合男、女、童子軍的訓練場，男兵因為一邊要把守入山要道，一邊要輪番訓練，為了縮短時間，唐一明便在泰山腳下設立了一個訓練場；在女兵訓練場附近，則另有專門為童子軍準備的訓練場，按照年齡大小、體能，共設置了六種不同的訓練設施，以適應各個年齡層訓練。

這天，中午剛過，天色越來越暗，天空上更是烏雲密佈。

唐一明站在訓練場上，指揮著童子軍進行訓練，看到孩子們認真的樣子，他感到十分欣慰。

李國柱指著一個正在奔跑的男孩，對唐一明道：「主公，你看見那個孩子了嗎？」

唐一明順著李國柱指著的方向看去，就見一個十四五歲的男孩。男孩身材不算健壯，卻很靈活，在過梅花樁的時候，只用了很短的時間便快速過關，然後進入到下一個環節。

「嗯，能以這麼短的時間闖過前三環節，在所有的童子軍裏，確實是首屈一指。他叫什麼名字？」唐一明滿意地問道。

李國柱答道：「主公，他叫孫虎。」

「孫虎？這名字和他的樣貌一點都不相符啊，他的身體看起來很瘦弱。」唐一明評論道。

李國柱聽了，哈哈笑道：「主公，你別看他身形瘦弱，反應卻很敏捷，身體十分靈活，在童子軍裏，沒有比他再出色的人了。」

唐一明「哦」了一聲，仔細地打量起那個叫孫虎的男孩。

李國柱道：「主公，要不要讓他和其他人比試一下？」

唐一明看了眼李國柱，對李國柱道：「不用找別人了，你去和他比試比試！」

李國柱擼起袖子，便朝訓練場上走了過去。

請續看《帝王決》4 操縱天下

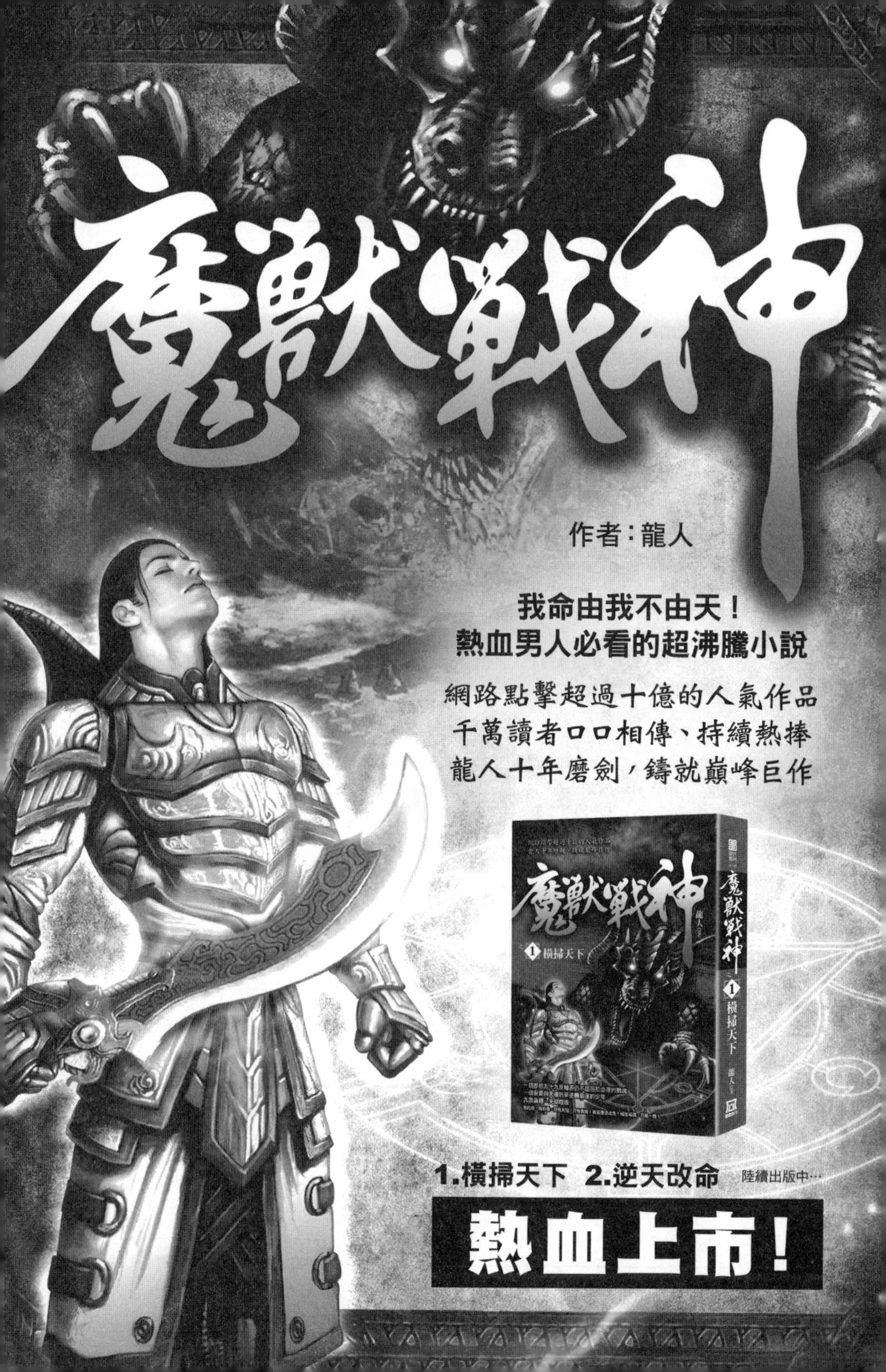
魔獸戰神
作者：龍人
我命由我不由天！
熱血男人必看的超沸騰小說
網路點擊超過十億的人氣作品
千萬讀者口口相傳、持續熱捧
龍人十年磨劍，鑄就巔峰巨作
1.橫掃天下 2.逆天改命 陸續出版中…
熱血上市！

帝王決 3 傳國玉璽

作者：水鵬程
發行人：陳曉林
出版所：風雲時代出版股份有限公司
地址：10576台北市民生東路五段178號7樓之3
電話：(02) 2756-0949
傳真：(02) 2765-3799
執行主編：朱墨菲
美術設計：許惠芳
行銷企劃：邱琮傑、張慧卿、林安莉
業務總監：張瑋鳳

初版日期：2017年9月
初版二刷：2017年9月20日
版權授權：蔡雷平
ISBN ：978-986-352-486-1
風雲書網：http://www.eastbooks.com.tw
官方部落格：http://eastbooks.pixnet.net/blog
Facebook：http://www.facebook.com/h7560949
E-mail：h7560949@ms15.hinet.net
劃撥帳號：12043291
戶名：風雲時代出版股份有限公司

風雲發行所：33373桃園市龜山區公西村2鄰復興街304巷96號
電話：(03) 318-1378
傳真：(03) 318-1378
法律顧問：永然法律事務所 李永然律師
北辰著作權事務所 蕭雄淋律師

行政院新聞局局版台業字第3595號 營利事業統一編號22759935

定價：280元　特惠價：199 元

國家圖書館出版品預行編目資料

帝王決 ／ 水鵬程 著. -- 初版. -- 臺北市：
風雲時代，2017.07- 冊；公分

ISBN 978-986-352-486-1（第3冊；平裝）

857.7　　106009964